로크미디어가
유혹하는
재미있는 세상

ROK MEDIA
로크미디어

만렙닥터 리턴즈

만렙 닥터 리턴즈 12

2022년 11월 11일 초판 1쇄 인쇄
2022년 11월 16일 초판 1쇄 발행

지은이 13월생
발행인 김정수 강준규

기획 이기헌 왕소현 박경무 강민구 조익현
책임편집 주현진
마케팅지원 이원선

발행처 (주)로크미디어
출판등록 2003년 3월 24일
주소 서울시 마포구 마포대로 45 일진빌딩 6층
Tel (02)3273-5135 **Fax** (02)3273-5134
홈페이지 rokmedia.com **E-mail** rokmedia@empas.com

값 9,000원

ISBN 979-11-354-8052-2 (12권)
ISBN 979-11-354-7400-2 04810 (세트)

ROK
MEDIA
로크미디어
만렙닥터
13월생 현대 판타지 장편소설
12
리턴즈

Contents

리스타트!

징계위원회 당일.

"오늘이 징계위원회인가?"

한상훈 과장이 옷걸이에서 상의를 꺼내 입으며 말했다.

"네, 그렇습니다."

"근데 자네 표정이 왜 그래? 어디 죽으러 가는 사람처럼?"

힐끗 나기만의 안색을 살피는 한상훈 과장.

"아무것도 아닙니다."

"왜? 동료를 사지를 내모는 것 같아서 마음에 걸리나?"

"네, 조금요."

"하하하, 사람이 그렇게 약해 빠져서 어디다 쓰나? 아무 걱정 말고 내가 시킨 대로만 하면 돼. 자네 뒤엔 내가 있다는 것만 생각하고."

"네, 저도 과장님이 계셔서 든든합니다."

"그럼, 그럼. 난 자네와 끝까지 함께할 생각이야. 그러니까 나만 믿고 따라오면 돼!"

"네, 그러겠습니다. 그나저나 과장님, 저 뭐 하나만 여쭤봐도 되겠습니까?"

나기만이 무표정한 얼굴로 물었다.

"뭔데? 징계위 시간 다 된 것 같은데, 웬만하면 나중에 얘기하지?"

한상훈 과장이 손목시계를 톡톡거리며 옷매무새를 다듬었다.

"아뇨, 지금 여쭙고 싶어서요."

"그래? 그러면 거기 앉아."

"네."

한상훈 과장이 턱짓으로 소파를 가리켰다.

"저 이번 소송, 정말 이길 수 있는 겁니까?"

"당연하지. 천하의 윤도관 변호사 아닌가? 내가 그 사람을 선임하려고 얼마나 공을 들인 줄 알아? 내가 반드시 승소하도록 만들 거야."

"그렇군요. 그렇게 자신하시니, 그러면 저한테 약속 하나 해 주실 수 있습니까?"

나기만은 지금 마지막으로 한상훈에게 확인하고 싶었으리라.

"약속? 무슨 약속?"

"그런 일은 없겠지만, 만약에 소송에 패소하더라도 저를 지켜 주실 거잖습니까? 제 말이 맞죠? 우리는 가족 같은 사이니까."

"물론이지. 난 한번 내 사람이 되면 그 사람 절대로 버리지 않아!"

"네, 저도 그렇게 믿고 있습니다. 그래서 말인데, 만에 하나 소송에서 패소하게 되면 제가 연희병원에서 근무를 할 수 없잖습니까? 저와 함께 이곳을 떠나실 용의가 있으십니까?"

"떠나?"

"그렇습니다. 이왕 이렇게 된 거, 과장님과 함께 개업하고 싶습니다."

"허, 허허! 소송에 안 진다니까? 고로 그런 일은 없을 거야."

"그러니까요. 그런 일은 없을 테니, 약속해 달라는 겁니다. 전, 끝까지 과장님과 운명을 함께하기로 맘먹었으니까요."

"어허! 이 사람, 왜 자꾸 어린애처럼 투정을 부리나? 나나 자네가 이 병원을 떠날 일은 절대로 생기지 않아. 괜히 쓸데없는 소리 말고 얼른 징계위에나 가 보자고! 시간 너무 늦었어!"

한상훈 과장이 얼렁뚱땅 마무리를 지으려 했다.

끝까지 약속할 수 없다는 건가? 그냥 말만이라도?

역시 안 되는 거였어.

그 말 한마디 하는 게 그토록 어려웠던 거였나? 하긴, 애초에 나와 함께할 마음은 눈곱만큼도 없는 사람이니까.

나기만이 자신의 마음을 굳히는 순간이었다.

"하하하, 네, 당연하죠. 전 과장님만 믿습니다!"

"사람하곤! 내가 자네를 왜 버리겠나? 그랬다면 애초에 윤변을 만나지도 않았어. 솔직히 김 앤 정의 황 변호사가 언제 적 황 변이야? 이제 그 사람 약발도 다 떨어졌어. 이번에 반드시 소송에서 이길 거니까, 아무 걱정 마."

"……네, 과장님."

웃고 있지만 잦아든 나기만의 눈빛이 모든 것을 말해 주고 있었다.

징계위원회.

"안녕하십니까? 부 원장님!"

징계위원회가 열리는 장소로 들어가자, 한상훈 과장이 반갑게 손을 흔들었다.

"오셨습니까?"

징계위원장이자 부원장인 도승준이 무표정한 얼굴로 짧게 답했다.

"네, 오늘 날씨 참 좋군요! 오늘 같은 날은 공 치기 딱 좋은 날씬데요? 안 그렇습니까? 조자형 과장님?"

한상훈이 환한 얼굴로 징계위원회 조자형 과장을 쳐다봤다.

"글쎄요. 오후에 비 소식이 있던 것 같더군요."

그 역시 밝은 표정은 아니었다.

"하기야 징계위원회라는 건 안 열리는 게 좋은 거죠. 같은 동료로서 누군가를 징계위에 세운다는 건 가슴 아픈 일입니다."

"그렇습니다. 가슴 아픈 일이죠. 자, 그러면 제129차 징계위원회를 개최토록 하겠습니다."

"잠깐만요! 당사자인 이기석 교수가 아직 참석을 안 했는데?"

이기석 교수 없이 징계위를 시작하려 하자, 한상훈 과장이 손을 들었다.

"……이기석 교수가 왜 참석을 해야 하는 겁니까?"

"네? 위원장님, 그게 무슨 말씀입니까?"

깜짝 놀란 표정의 한상훈이 되물었다.

"징계위에 회부되지도 않은 이기석 교수가 왜 참석해야 하냐고 물었습니다."

“네? 그, 그게 무슨 말씀이신지…….”

위원장의 뜻밖의 발언에 당혹감을 숨길 수 없는 한상훈 과장이었다.

“나 교수, 이게 어떻게 된 거야? 증거자료 제출 안 했어?”

당황한 한상훈 과장이 팔꿈치로 나기만의 옆구리를 찔렀다.

“아뇨, 제가 가지고 있는 모든 자료는 이미 제출했습니다.”

“위원장님! 관련 증거자료는 저희가 다 제출한 것으로…….”

“네. 그렇지 않아도 나기만 교수로부터 관련 자료는 전부 제출받아 상세히 검토했습니다. 그러니까 지금부터 한 과장님이 이 모든 것을 해명하셔야 할 것 같군요.”

“아니, 제가 무슨 해명을 하라는 말씀입니까? 해명을 하려면 이기석 교수가 해야죠!”

“한상훈 과장님! 뭔가 착각하고 계신가 본데, 지금 징계위에 회부된 사람은 이기석 교수가 아니라 바로 한 과장님입니다! 그러니까 당연히 한 과장님이 이 모든 것을 해명해야죠!”

쾅, 도승준 부원장이 손바닥으로 테이블을 내리쳤다.

“네? 저, 저요?”

여전히 상황 파악을 하지 못하고 있는 한상훈 과장.

“네, 그렇습니다. 해명하셔야 할 자료가 한두 가지가 아니에요. 지금부터 하나하나 반드시 소명하셔야 할 겁니다. 첫 번째 이것부터 들어 보시죠!"

—나기만 교수! 지금부터 내 말 잘 들어! 산부인과 쪽은 이미 고함 교수 쪽으로 넘어간 상황이야. 그러니까 우린 간담도췌외과를 공략해야 해. 돈은 필요한 만큼 내가 붙여 줄 테니까.

—네, 알겠습니다. 교수님! 다만 간담도췌외과 장 교수한테 먹힐까요? 꽤 꼬장꼬장하신 분인데?

—세상에 돈하고 여자 싫다고 하는 사람 봤어? 술을 먹이든 여자를 붙여 주든 어떻게든 만들어 와. 간담도췌외과 못 가지고 오면 우린 다 죽는 거야.

지난 흉부외과 과장 선거 당시, 한상훈이 금품을 이용해 로비하려 했던 정황이 포착된 녹음테이프였다.

"나, 나 교수? 지, 지금 이게 어떻게 된 건가?"

나기만이 이런 내용이 담긴 녹음 파일을 가지고 있을 것이라고는 상상도 못 했으리라.

"……."

한상훈 과장과의 시선을 피하는 나기만 교수였다.

"이 녹음 파일은 나기만 교수가 징계위에 제출한 자료입니다. 이제 해명을 해 보시죠, 한상훈 과장님!"

징계위 부위원장인 조자형 과장이 추상같은 목소리로 따

져 물었다.

'너, 너 이 새끼! 지, 지금 무슨 짓을 하는 거야?'

이제야 상황 파악이 된 한상훈이 나기만을 보며 송곳니를 드러냈다.

"과장님이 필요한 자료는 모두 제출하라고 해서 전 그렇게 했을 뿐입니다."

"뭐라고? 너, 지금 미쳤어?"

쾅, 한상훈 과장이 자리에서 벌떡 일어나 나기만의 멱살을 움켜쥐었다.

"한 과장님! 지금 징계위에서 뭐 하시는 겁니까? 그 손 놓지 못해요?"

"아, 아니. 위원장님! 지금 뭔가 착오가 있는 것 같은데, 저, 저한테 며칠만 시간을 주십시오! 분명 뭔가 오해가……."

꿀꺽, 당황한 한상훈 과장이 마른침을 삼켜 넘겼다.

"오해요? 그러면 이것도 오해란 말씀입니까?"

탁, 도승준이 키보드를 눌러 또 다른 녹음 파일을 재생했다.

-이기석 교수가 제일 두려워하는 게 뭔지 아나?

-아뇨, 잘 모르겠습니다.

-자기 몸에 똥물이 튀는 거야. 아무래도 그 똥물을 우리가 그 인간

몸에 부어야 할 것 같아.

—어떻게 말입니까?

—음, 오늘 밤에 운정에서 이기석 교수랑 만날 거야.

—운정이라면?

—그래, 북악산 밑에 있는 요정 말이야.

—아, 네.

—아마 차 대표도 그 자리에 올 거니까, 자네가 사진을 좀 찍어 놔. 상황이야 내가 엮어 놓을 테니까. 알았지?

—사진만 찍으면 되는 겁니까?

—그래그래. 그러니까 어려울 것 없잖아? 징계위 인간들 대가리가 단순해서 아마 이 정도 증거 가지고 들이밀면 입에 게거품 물면서 으르렁거릴 거야. 자기들도 똑같은 인간들이면서 말이야.

—그러다 나중에 모든 것이 밝혀지면요?

—걱정 말래두? 어차피 오물을 뒤집어썼다는 게 중요하지, 그 결과는 큰 의미가 없어!

지금까지 한상훈과 나누었던 모든 대화를 증거로 남긴 나기만.

역시 김윤찬이 예상했던 대로 그가 가지고 있는 자료는 그 파괴력이 엄청났다.

"자! 이것도 모함이고 오해입니까? 한 과장! 지금부터 대가리가 단순한 우리를 반드시! 이 자리에서 설득시켜야 할 겁니다. 이것 말고도 제출된 자료가 열 개가 넘습니다. 오늘 우리 징계위원들을 이해시키지 못했을 경우, 어떤 일이 일어날지는 말 안 해도 알겠죠?"

도승준 위원장을 비롯한 모든 징계위원의 표정이 잔뜩 굳어 있었다.

"……이, 이게 어떻게 된 거야?"

한상훈 과장이 양손을 벌벌 떨며 어쩔 줄 몰라 했다.

"설마, 지금 나온 목소리의 주인공이 한 과장이 아니라곤 못 하겠죠?"

"아니, 그게……."

한상훈 과장이 말을 머뭇거렸다.

"좋습니다. 그러면 나기만 교수한테 묻겠습니다. 이번 징계위에 제출된 음성 파일을 포함한 모든 자료는 나기만 교수가 제출한 것이 맞죠?"

"네, 그렇습니다."

"야! 나기만! 지금 무슨 개소리를 지껄이는 거야?"

"한 과장! 조용히 하세요!"

"아니, 위원장님! 이건 모함입니다. 전부 조작된 거라고요!"

"조작인지 아닌지는 우리가 판단하겠습니다. 자리에 앉아요! 보안 요원 호출하기 전에!"

한상훈 과장이 날뛰자, 도승준 위원장이 그에게 엄중히 경고했다.

털썩, 자포자기한 듯 의자에 몸을 내던지는 한상훈 과장.

"다시 묻겠습니다. 이 모든 자료에 등장하는 목소리의 주인공은 한상훈 과장과 나기만 교수가 맞습니까?"

"네, 그렇습니다. 위원장님!"

"그러면 왜 이런 자료를 보관하고 계셨던 겁니까?"

"네, 일종의 보험이었습니다."

침통한 표정으로 모든 것을 털어놓는 나기만 교수였다.

"보험이라……. 그 말은 한상훈 과장의 지시가 부당했고 불법적이었다는 것을 의미합니까?"

"네, 그렇습니다. 다만, 전 지시를 받는 입장이었고, 병원 내의 위계질서상 어쩔 수 없는 선택이었습니다. 따라서 만약의 사태를 대비해 저도 뭔가 준비를 해 둘 필요……."

"야, 이 새끼야! 네가 감히 은혜를 원수로 갚아!"

자리에서 일어나 손을 들어 올리는 한상훈.

"이 손 치우시죠? 지금도 제가 과장님의 머슴으로 보이십니까?"

한상훈이 들어 올린 손을 잡아채는 나기만.

궁지에 몰리면 쥐도 고양이를 무는 법. 지금의 상황에서 마냥 당하고만 있을 나기만이 아니었다.

"두 사람 다 조용히 하세요! 지금 어디서 소란을 피워!"

"……."

"……."

도승준 위원장의 노기 가득한 목소리에, 나기만은 잡고 있던 한상훈의 손을 놓아주었다.

"지금부터 다시 확인하겠습니다. 지난번 흉부외과 과장 선거 당시 금품을 살포해 매표 행위를 했던 정황! 그리고 각종 의료 기기 업체들과 담합해 이권을 챙겼던 정황, 그리고 마지막으로 이기석 교수를 모함에 빠뜨리려 했던 모든 정황이 속속 밝혀졌습니다. 한상훈 과장! 이래도 부인하시겠습니까?"

"……."

"한 과장님!"

한상훈 과장이 새파랗게 질린 얼굴로 아무 말도 못 하고 있자, 도승준 위원장이 다그치기 시작했다.

"이, 이건 뭔가 잘못돼도 한참 잘못된 겁니다. 위, 위원장님! 저에게 해명할 수 있는 시간을……."

덜덜덜, 한상훈 교수의 턱이 마구 떨렸다.

"그러니까, 지금 해명을 해 보시라고 하는 거 아닙니까? 메디 코어 차규환 대표란 작자와는 도대체 어떤 사이입니까? 네?"

"아, 아닙니다. 이건 저를 음해하려는 자들의 모함입……."

"그러면 지금 우리가 들었던 목소리의 주인공은 누구란 말입니까? 저 목소리의 주인공이 당신이 아니란 말이오?"

아아아악!

더 이상 빠져나갈 구멍이 없는 그.

한상훈 과장이 절규하듯 자신의 머리카락을 쥐어뜯었다.

게임 오버!

최소한 큰 쓰레기 하나는 정리되는 것 같았다.

일타쌍피!

이번 일을 계기로 큰 쓰레기와 작은 쓰레기 둘 다 폐기 처분 할 수 있었다.

한상훈 과장은 과장직에서 물러났으며, 나기만 교수는 직무 정지 처분을 받았다.

하지만 절반의 성공으로 끝날 수밖에 없었다.

한상훈 과장의 생명력이 생각했던 것보다 질겼던 것. 한상훈은 필사적이었다.

자기가 가지고 있는 모든 인맥과 금력을 동원해 끈질기게 버텼다.

그렇게 해서 나온 결과가 좌천.

한상훈 과장이 목포 분원으로 쫓겨나는 선에서 이번 사건은 마무리될 수밖에 없었다.

이로써 한상훈 과장이 재기할 수 있는 기회가 마련되었고, 난 또다시 그와의 싸움을 준비해야만 했다.

그는 반드시 다시 돌아올 테니까.

한상훈 과장실.

"과장님, 접니다."

"그래요, 앉아요."

한상훈 과장은 옷소매를 걷어붙인 채, 책장을 정리하고 있었다.

좌천되어 지방으로 쫓겨 가는 사람치곤 평온해 보이는 표정이었다.

"결국 고함 교수님이 이 방을 차지하게 되는 건가?"

"원래 이 방은 고함 교수님의 방이었으니까요."

"하하하, 아무리 그래도 이건 좀 너무 섭섭한걸. 내가 얼마나 김윤찬 선생을 좋아했는데. 마지막 인사는 못 할망정, 기다렸다는 듯이 그러면 내가 좀 그렇지?"

"네, 조심히 내려가십시오."

"이거 엎드려 절받기군. 그나저나, 이건 내가 사비를 들여서 사 놓은 건데, 두고 가긴 아깝단 말이야?"

털썩, 한상훈 과장이 소파에 몸을 내던지며 검정 가죽 소파를 쓰다듬었다.

“뭐, 필요하시면 가져가시죠.”

“아냐, 아냐. 목포 분원엔 이런 소파를 들여놓을 공간이 없더군. 가져가 봐야 짐만 될 뿐이야. 그냥 여기 놓고 감세. 고함 교수님께 전해 드려. 이거 고급 소파라 관리 잘해야 된다고 말이야. 내가 직접 찾아뵙고 말씀드리는 게 좋겠지만, 영 내키지가 않아서 말이야.”

“네, 말씀드리죠.”

“그나저나 내 책장에 책이 이렇게 많았는지 몰랐네. 김 선생, 이 책 기억나요?”

한상훈 과장이 내게 책 한 권을 내보였다.

‘힘내라 인턴’이란 제목의 에세이집. 한상훈 과장 자신의 인턴 시절을 생생하게 담아낸 의학 에세이였다.

한상훈 과장은 책이 출간되자마자 내게 이 책을 선물했다.

“네, 기억합니다.”

“그래요? 다 읽었습니까?”

“네, 재밌게 잘 읽었습니다.”

“그래요. 재밌게 봐 줬다니 고맙군요. 이 책에 이런 구절이 있죠. ‘인턴이라 무모하며 그러기에 용감하며 용감하기에 행할 수 있다.’라고요.”

“네, 저도 기억합니다.”

"그래요? 기억하고 있었군요? 정말 그런 것 같아요. 잘 모르니까, 아는 것이 없으니까 겁이 없게 되고, 겁이 없으니까 열정을 가지게 될 수 있는 것 같아요. 그래서 인턴 시절이 가끔 그립습니다."

정말 그랬을지도 모르겠다. 그 역시 의사로서의 사명감이 넘쳤던 시절이 있었을 테니까.

"네, 저도 가끔 인턴 시절이 생각이 납니다."

"그래요. 그때가 좋았어요. 그런데 어느 순간부터 하나하나 알게 되고 뭔가를 가지게 되고 그 가진 것들이 많아지니 두렵더군요. 모든 것을 한순간에 잃어버릴까 봐."

한상훈의 잦아지는 눈빛. 이 순간만큼은 진심이었을지도 모르겠다.

"……."

"그런데 지금 난 모든 것을 다 잃어버렸네요? 결국 다시 시작해야 할 것 같군요?"

그 순간, 순수했던 눈빛은 사라지고 나를 쳐다보는 한상훈 과장의 눈빛은 날카로워졌다.

"네."

"하지만 난 인턴으로 돌아갈 수도 없고 돌아갈 마음도 없습니다. 그런데 인턴 때처럼 아무것도 가진 것이 없군요. 어떻게 해야 하겠습니까, 김윤찬 선생? 이 모든 것이 김윤찬 선생 덕인 것 같은데?"

"과찬이십니다."

"하하하, 과찬이라……. 역시 김윤찬 선생다운 대답이군요. 하지만 이것 하나만 명심해요. 한 번 꿀맛을 본 파리는 비록 그곳이 파리지옥이라고 해도 다시 찾는 법입니다."

"그러다간 다시 지옥을 경험하겠죠."

"그렇죠. 지옥을 경험할지도 모르죠. 하지만 말이에요, 이미 지옥을 경험한 파리는 어떻게 그 지옥에서 헤쳐 나올지도 아는 법입니다. 지금 김윤찬 선생이 나한테 이겼다고 생각하십니까?"

한상훈 과장이 매서운 눈초리로 날 노려봤다.

"전 단 한 번도 과장님과 싸움을 한 적이 없다고 생각합니다. 싸움을 하지 않았는데, 이기고 지는 것이 무슨 의미가 있겠습니까? 결국 이 모든 것은 과장님이 자초하신 일입니다."

"맞아요. 잘못된 선택이었죠. 김윤찬 선생을 과소평가했고 내 사람으로 만들 수 있다는 잘못된 선택! 이제 다시는 그런 한심한 선택은 하지 않겠습니다."

"선택이란 선택받을 대상이 있어야 가능한 것이겠지요. 전 과장님의 선택을 받을 마음이 전혀 없었으니, 잘못된 선택이란 말은 어울리지 않는 것 같군요."

"후후후, 그러니까 나 혼자만 짝사랑을 했던 거군요."

"그건 짝사랑을 하는 사람의 마음이니까 제가 왈가왈부할 일은 아닌 것 같습니다."

"아무튼 난 모든 것을 잃었고 이제부터 다시 시작합니다. 김윤찬 선생, 이것 하나만 명심해 둬요. 난 아무것도 가진 것이 없고 이제 김윤찬 선생은 잃을 것이 생겼다는 것! 내가 다시 김윤찬 선생을 보게 되는 그날. 지금 김윤찬 선생이 내게 했던 말, 내가 다시 돌려줄 테니까."

"네, 기대하겠습니다."

"그래요. 내가 돌아올 때까지 좀 더 많이 가지고 계세요. 그래야 나도 돌아온 보람이 있을 테니까."

그렇다.

한상훈 과장은 반드시 다시 돌아올 것이다.

예전보다 훨씬 더 비열해져서겠지.

그 비열함 못지않게 강해지기도 할 것이고, 난 지금보다 더 힘들어질 것이다.

그렇게 한상훈 과장과 나의 악연의 고리는 마지막 매듭을 풀지 못한 채, 잠시 동안 머물러 있을 수밖에 없었다.

작은 쓰레기!

큰 쓰레기가 치워졌다면 이제 남은 건 작은 쓰레기 처리였다. 난 이 쓰레기를 폐기 처분 해야 할지 아니면 재활용을 해야 할지 마음의 결정을 내릴 필요가 있었다.

"김윤찬 선생, 내가 환자분께 용서를 받을 수 있을까요?"

그의 입에서 처음 나온 단어는 용서였다.

이것으로 됐다. 나기만은 폐기 처분 할 쓰레기가 아니라 재활용할 가치가 있는 사람이었다.

"어떻게 용서를 구하실 생각입니까?"

"그 방법을 몰라 김윤찬 선생을 찾아왔어요. 어떻게 하면 조금이나마 환자분에게 용서를 빌 수 있을까요?"

"교수님이 환자분에게 용서를 구하는 방법은 간단합니다. 법에 따라 그에 응당한 대가를 치르시면 됩니다. 정당한 대가를 치른다면 굳이 환자분께 용서를 구하실 필요가 없다고 생각합니다."

"처벌을 말하는 겁니까?"

"그건 제가 결정할 수 있는 게 아닌 것 같군요. 법이 결정하는 거지."

"네, 알아요. 법에 대한 처벌은 달게 받겠습니다. 그 처벌이 의사 면허 취소라 할지라도……. 하지만 그것만으로는 내 스스로 용서가 되지 않을 것 같군요. 제가 직접 환자와 보호자분을 만나 뵙고 사죄를 드리고 싶은데, 절 만나 주질 않는군요. 김윤찬 선생이 절 좀 도와주실 수 있습니까?"

진심인지 내 눈을 속이려는 건지는 솔직히 잘 모르겠다. 하지만 하나 확실한 건, 나기만이 용서를 구하고 있다는 사실. 그리고 가장 먼저 용서란 단어를 꺼냈다는 사실이다.

그건 다시 말해 그에게 한 번의 기회를 줘도 된다는 뜻이 아니겠는가? 의사로서 모든 것을 속죄할 기회를 말이다.

“네, 그렇다면 제가 한번 다리를 놔 드리도록 하겠습니다.”

“감사합니다! 정말 감사합니다, 김 선생!”

머리 검은 짐승은 거두는 것이 아니라 했으며, 사람은 고쳐 쓸 수 없다고 했지만. 최소한 한 번의 갱생의 기회는 줘 보고 싶었다. 어차피 쓰레기라면 다시 치우면 그만이니까.

“아뇨, 저한테 감사할 이유는 없습니다.”

이제 더 이상 내가 관여할 수 있는 영역이 없다. 공은 환자와 그의 가족에게로 넘어갔고, 나기만의 진심이 통한다면 그에게 기회가 부여될 것이다.

이기석 교수 연구실.

“결국 내가 김윤찬 선생한테 신세를 지고 말았어요.”

남한테 신세 지기를 죽기보다 싫어하는 이기석 교수였기에 나를 바라보는 눈빛도 편해 보이지는 않았다.

“교수님, 외람된 말씀이지만 교수님은 앞으로 신세 지는 방법부터 터득하셔야 할 것 같습니다.”

“신세 지는 방법을?”

이기석 교수가 턱을 매만지며 내게 의문의 눈길을 보냈다.

"네, 그렇습니다. 사람은 누구나 다 신세를 지기도 하고 신세를 받기도 합니다. 그렇게 사는 것이 인간이니까요."

"……."

"교수님! 그러니 신세를 지지 않으려고 애쓰지 마시고, 맘껏 신세 지시고 그리고 그에 맞게 갚으시면 됩니다."

"갚는다? 어떻게?"

"교수님이 가진 모든 것으로요."

"나의 모든 것으로 갚는다고요? 그게 뭔데요??"

"교수님의 해박한 의술 말입니다."

"의술?"

"네, 전 아직도 교수님께 배울 것이 너무 많습니다. 교수님이 가지고 계신 그 의술, 전부 저에게 전수해 주시면 되지 않겠습니까?"

"그거야 내가 당연히 해야 할 일 아닌가요? 지금도 그렇게 하고 있고요."

이기석 교수가 이해할 수 없다는 표정을 지었다.

"네, 말씀 잘하셨습니다. 저 역시, 교수님의 제자로서 제가 해야 할 일을 했을 뿐입니다. 앞으로도 그렇게 할 거고요. 컴퓨터로 치자면 교수님은 제 의술을 업그레이드해 주실 소중한 OS 같으신 분인데 바이러스에 감염되면 안 되지 않습니까?"

"하하하, 비유 보소! 그러니까 나보고 앞으로도 김윤찬 선생의 신세를 지라는 말인가요?"

피식, 이기석 교수가 나를 보며 한쪽 입꼬리를 말아 올렸다.

"네, 제발 맘껏 신세 지십시오. 그럴 때마다 저도 악착같이 교수님의 그 현란한 의술을 빼먹겠습니다! 이거 완전 남는 장사거든요!"

"하하하, 앞으로 엄청 귀찮아지겠군."

"당연한 거 아닙니까? 그 정도 각오도 안 하셨습니까? 제가 앞으로 교수님을 엄청 괴롭힐 겁니다."

"아이고, 이거 혹 떼려다 혹 하나 더 붙인 꼴이군. 나, 완전히 김윤찬 선생한테 코 꿰인 겁니까?"

이기석 교수가 어이없다는 듯이 어깨를 으쓱거렸다.

"네, 그렇다고 볼 수 있죠. 완전히 저한테 호구 잡히신 겁니다."

"호구요? 그거 나쁜 말 아닙니까?"

"몇 년 사이에 한국말 많이 느셨네요?"

"놀리는 겁니까?"

"아, 아닙니다. 호구는 취소고요. 뭐, 봉? 봉이라고 할까요?"

"봉? 그게 무슨 뜻입니까?"

"뭐, 좋은 말입니다. 아무튼, 교수님은 제 봉이십니다."
"젠장, 국어사전 한번 찾아보도록 하죠. 아무튼, 이상한 말이면 가만 안 둡니다."
"헤헤헤, 넵!"
"후후, 그래요. 김윤찬 선생의 말이 맞습니다. 내가 지금까지 너무 힘들게 살아왔던 것 같아요. 고함 교수님과 김윤찬 선생을 보면서 느낀 게 많아요. 우리, 앞으로 잘해 봅시다."
"네, 교수님!"
이렇게 모든 것은 일단락되는 것 같았다.
하지만, 방심은 금물.
축구로 치자면 이제 겨우 전반전을 끝내고 라커 룸으로 들어갔을 뿐이다. 상대는 더욱더 나에 대해서 연구할 것이고 심기일전해 후반전을 준비할 터.
나 역시 방심하지 말고 최선을 다해 후반전을 대비해야 할 것이다.
경기는 아직 끝나지 않았으니까.
끝나야 끝이다.

몇 개월 후.
공석으로 비어 있던 흉부외과 과장 자리.

교수진의 끈질긴 설득에도 끝까지 고사해 왔던 고함 교수가 흉부외과 수장의 자리를 수락했고, 난 팰로우 3년 차이자 흉부외과 조교수로 임명되었다.

본격적인 인생 2막!

이제 비로소 난 진정한 써전으로서 평가받을 수 있는 시험대에 오른 것이다.

죽어 가는 환자를 살리는 길!

누구의 어시스트가 아닌 주체적인 나로 말이다. 이제부터 난 그 누구의 도움도 없이 오롯이 나만의 실력으로 모든 것을 해결해야만 할 때가 왔다.

두 아이의 아빠

이기석 교수 진료실.

40대 초반의 남자, 방수남이 연희병원을 찾아왔다.

흉부 엑스레이를 비롯해 폐 CT, 객담세포진 검사, 기관지 내시경, 침흡입 생검까지 모든 검사를 끝마쳤다.

결과는 참혹하게도 폐암 3기였다. 즉 폐암 말기에 가까운 상태였다.

보통 폐암 3기의 경우 수술적 예후가 별로 좋지 않고 완치 가능성이 낮아 수술을 하지 않는 것이 일반적이었다.

안타깝게도 병원을 찾아오는 폐암 환자 세 명 중 두 명이 폐암 3B기 또는 말기 환자였다.

방수남 환자 역시 수술 시기를 놓친 상황이었다.

차트를 살펴보고 있던 이기석 교수의 표정이 어두웠다.

"선생님?"

이기석 교수가 아무 말이 없자, 환자 방수남이 조심스럽게 그의 이름을 불렀다.

"우리 병원에 오시기 전에 서운대병원에 계셨다고요?"

"네, 그렇습니다."

"서운대병원에서 환자분께 아무런 말이 없었던가요?"

"……."

고개를 들지 못하는 방수남. 그 역시 보통의 암 환자가 그렇듯이 다른 병원을 전전했고 수술이 불가능하다는 진단을 받았던 모양이었다.

"환자분은 지금 폐 상태가 매우 좋지 않습니다."

진료실에서 병기를 언급하는 건, 의사들 사이에서 금기 사항으로 여겨지고 있기에 이기석 교수가 구체적인 병기를 언급하진 않았다.

"네에, 알고 있습니다. 서운대병원에서도 수술은 거의 불가능하다고 하더군요. 거의 말기에 가깝다고……."

수많은 병원을 전전했기에 환자는 이미 자신의 몸 상태에 대해 잘 알고 있었다.

"네, 맞습니다. 폐라는 장기는 유독 핏덩어리로 구성된 장기고 혈액이 많기 때문에 암세포가 아무리 적어도 다른 장기, 뼈, 임파선으로 전이가 잘 되는 질병입니다. 지금 환자분도 흉각과 인파선에 상당 부분 전이가 된 상태입니다. 이 때문에 치료가 쉽지 않은 게 사실입니다."

환자의 상태에 감정적으로 접근하지 말고 객관적이고 정확한 사실을 알려 줘야 한다는 것이 이기석 교수의 지론이었다.

"……역시 수술은 불가능한 거군요. 서운대병원에서도 그렇게 말씀하시고 곧바로 항암 치료를 하자고 하더군요. 하지만 항암 치료로는 완치가 불가능한 것 아닙니까?"

방수남이 실망스러운 표정으로 물었다.

"네, 그렇습니다. 하지만 지금 환자분의 상태를 고려해 보면, 수술 치료보다는 항암 치료가……."

"결국 선생님도 똑같은 말씀을 하시는군요! 연희병원의 이기석 교수님이 폐암 분야에선 국내 최고란 말을 듣고 지푸라기라도 잡고 싶은 심정으로 온 건데, 역시 안 되는 거였어요!"

흑흑흑, 방수남이 고개를 떨어뜨리며 어깨를 들썩였다.

"환자분, 진정하세요. 수술을 받지 않는다고 치료가 되지 않는 게 아닙니다. 예전에는 항암 치료에 국한되어 있었지만, 지금은 유전자치료도 예후가 매우 좋습니다. 그러니, 입원하셔서 혈액종양내과 치료를……."

"선생님! 저도 폐암을 몸에 달고 살다 보니 이것저것 찾아볼 수 있는 건 다 찾아봤습니다. 수술을 할 수 없다는 건, 그만큼 제가 완치될 수 없다는 것 아닙니까? 저, 반드시 수술받아 완치해야 합니다. 우리 아이들 놓고 이렇게 허무하게 갈 수 없어요!"

거의 절규에 가까운 방수남이었다.

"그건 환자분이 잘못 알고 계시는……."

"네, 알겠습니다. 다시 한번 말씀해 주십시오. 결국 수술이 불가능하다는 건가요?"

"네. 불가능하다기보단 수술보다는 내과적 치료가 효과가 좋을 것 같습니다. 제가 드릴 수 있는 말은 여기까지입니다. 다만 하루라도 빨리 입원하셔서 항암과 함께 유전자치료를 받도록 권해 드립니다. 유전자 검사를 하시고 문제가 된 유전자를 밝혀, 그에 맞는 약을 쓰면 훨씬 더 효과가 좋을 겁니다."

"저, 정말입니까?"

이기석 교수의 차분한 설명에 조금은 마음이 놓이는 듯한 방수남 환자.

"네, 수술만이 능사는 아닙니다. 의학 기술이 발달해서 내과적 치료도 충분히 효과가 있습니다."

"그러면 여쭤보겠습니다. 그 유전자치료라는 게 돈이 많이 드는 거 아닙니까? 제가 그렇게 형편이 넉넉한 사람이 아니라서요."

"네, 그렇습니다. 일반 치료보단 비용이 많이 들 겁니다.

하지만 우리 병원에서는 여러 가지 형태의 지원 제도가 있으니, 형편이 어려우시면 신청을 해 보도록 하십시오."

"네."

후우, 땅이 꺼져라 한숨을 내쉬는 방수남이었다.

"그러니 비용 걱정은 마시고, 치료에 전념하십시오. 지금은 무엇보다 치료 시기가 중요합니다. 제가 혈액종양내과 쪽에 의뢰를 넣어 둘 테니, 진료받으시고 바로 입원하시는 게 좋을 것 같군요."

"네에, 며칠만 더 생각해 보고 다시 찾아뵙겠습니다."

"……네에, 그렇게 하십시오."

아무리 병이 심각해도 강제로 입원을 시킬 수는 없는 일. 이기석 교수도 더 이상 그를 설득할 순 없었다.

"교수님, 식사하러 가시죠."

잠시 후, 난 이기석 교수의 진료실을 찾았다.

"그래요. 오늘 제가 저녁 사기로 했죠?"

이기석 교수가 가운을 벗어 옷걸이에 걸며 말했다.

"네, 진료는 다 보신 거죠?"

"그래요, 나갑시다. 오늘 맛있는 거 쏠게요."

"감사합니다. 안 그래도 어제부터 속은 완전히 비워 뒀습니다. 엄청 기대하겠습니다."

"후후후, 그래요? 갑시다."

"네."

병원 인근 청수옥.

"헐, 여기가 맛있는 데입니까?"

"왜요? 김윤찬 교수, 여기 음식 좋아하잖습니까?"

"아니, 전 오늘 분위기 있는 레스토랑에서 칼질 좀 하나 보다 싶었죠. 아, 그리고 교수란 명칭이 좀 낯설어서요. 그냥 김 선생이라고 불러 주시면 안 되겠습니까?"

"이런! 교수를 교수라고 부르지도 못한다는 겁니까?"

"하, 하하. 그건 아닌데 영 맞지 않은 옷을 입고 있는 것 같아서요."

"아뇨, 김윤찬 선생은 분명 조교수에 임명되었고 그러니 교수라는 타이틀을 받을 자격이 있습니다. 이제 슬슬 익숙해져야죠."

"아, 네."

"그나저나 여기 와서 실망입니까?"

"아뇨, 아뇨. 그런 건 아닙니다. 다만 교수님 여기 음식 잘 못 드시잖습니까?"

"제가요? 제가 언제 그랬습니까?"

"아니, 항상 회식하러 오면 거의 안 드시는 것 같던데."

"아뇨? 엄청 맛있는데?"

하하하, 이기석 교수가 능숙한 젓가락질로 흐물거리는 선지를 들어 올리더니 기름장에 찍어 입 속에 집어넣었다.

"와! 교수님도 이제 한국 사람 다 되셨네요?"

"네? 저 원래 한국 사람이에요."

오물오물, 이기석 교수가 선지 한 덩이를 더 집어 입에 넣었다.

잠시 후.

"좀 전에 그 환자 얼굴이 굉장히 어두워 보이던데 병명이 뭔가요?"

"누구? 아……. 방수남 환자?"

환자라는 말에 이기석 교수의 얼굴이 급히 어두워지는 것 같았다.

"네에."

"음……."

이기석 교수가 젓가락을 내려놓더니 심각한 표정을 지었다.

그가 이런 표정을 지었을 때는 그만한 이유가 있으리라.

"환자, 많이 안 좋습니까?"

"이미 내가 할 수 있는 게 별로 없는 것 같아요."

"그 정도입니까?"

“스몰 셀 칼시노마(비소세포암) 3B기입니다. 환자가 병원에 너무 늦게 찾아왔어요.”

이기석 교수가 입가에 씁쓸한 미소를 띠었다.

비소세포암은 우리나라 폐암 환자 중 약 80%를 차지할 만큼 폐암 중 가장 흔한 암이었다. 3B기라는 건 1~4기 중 3기, 그것도 3기 후반을 가리키는 의미로 거의 수술이 불가능한 상황이었다. 이런 상황이라면 환자의 5년 생존율은 겨우 15%에 불가했다.

“수술이 힘든 상태입니까?”

“음, 아주 불가능한 건 아닌데, 제 생각으론 수술보단 내과적 치료가 이득이 높을 것 같습니다.”

아주 불가능하지 않다와 완전히 불가능하다는 하늘과 땅 차이다. 아주 불가능하지 않다는 건, 가능할 수도 있다는 뜻 아닌가?

“림프노드(임파절) 전이가 심합니까?”

“뭐, 거의 다 먹혔다고 해도 과언은 아닌 것 같군요. 이렇게 되면 수술을 성공한다 할지라도 향후 폐가 제 기능을 발휘하긴 힘들어요. 이럴 땐 외과적 치료보단 약물 치료가 훨씬 더 효과적입니다.”

“그렇군요. 그렇다면 혈액종양과로 트랜스퍼시킬 예정이신 겁니까?”

“그래야죠. 일단 우리 과에 입원시키고 며칠간 검사를 좀 해 본 다음에 혈액종양내과로 보내서 바로 항암에 들어가야 할 것 같아요.”

“음, 항암 화학요법이 표준 치료법이긴 하지만, 솔직히 효과가 별로 없지 않습니까?”

현재의 의학 수준이라면 이것이 최선이지만, 지금부터 10년만 지나도 항암 화학요법보다는 면역 항암 치료, 더 나아가서는 유전자치료가 폐암 치료의 표준으로 자리 잡는 상황이었다.

“그래요. 저도 그 점이 맘에 걸려서 유전자치료나 면역 항암제를 제안하려고 해.”

훗날, 면역 항암 치료제 ‘임펀지’가 등장하면서 3기 또는 4기 암 환자의 5년 생존율을 획기적으로 늘릴 수 있었으나, 지금은 아니었다.

아직 초기 단계였으며, 무엇보다도 건강보험이 적용되지 않아 그 비용이 만만치 않았다.

“면역 항암 치료라면 효과는 분명히 있을 것 같긴 한데 비용이 만만치 않을 텐데요?”

“나도 그 부분이 걱정이더라고. 보니까 환자분 혼자 두 아이를 키우고 있던 것 같은데, 경제적 여유가 있어 보이지는 않았거든요.”

“그래요. 교수님, 실례가 되지 않는다면 제가 그 환자 차트를 좀 살펴봐도 되겠습니까?”

“오브 콜스! 안 될 게 뭐 있겠습니까? 김윤찬 교수도 공부해 두면 아주 좋은 사례가 될 거예요.”

“감사합니다! 차트도 좀 보고 우리 과에 있는 동안 제가 환자 좀 살펴봐도 되겠습니까?”

“와이 낫? 그렇게 하세요. 의사가 환자 보겠다는데 누가 뭐라 하겠습니까? 자, 우리 한잔할까요?”

“서, 설마 소주요?”

“후후후, 당연하죠. 내장탕에 소주를 먹지, 위스키를 먹겠습니까?”

“내, 내장탕요? 그것도 드세요?”

“그럼요! 아주 맛이 기가 막히더라고요! 이모! 여기 내장탕 두 그릇이요!”

이기석 교수가 손을 들어 흔들었다.

이모? 내장탕?

헐, 늦게 배운 도둑질에 밤새는 줄 모른다더니…….

이기석 교수가 점점 한국화되어 가고 있었다.

세상에 치료하지 못할 병은 없다. 치료할 수 없는 의사가 있을 뿐.

단 1%의 가능성만 있어도 의사는 그 1%를 100%로 만들어야 할 의무가 있는 것이다.

삶은, 생명은 그리 가볍지 않으니까.

환자의 가장 큰 두려움은 병이 아니라 의사의 포기니까.

며칠 후, 흉부외과 병동 408호.

방수남 환자를 만나기 위해 병실로 들어가니 두 아이가 반사적으로 자리에서 일어났다.

큰아이는 초등학교 3~4학년 정도의 남자아이, 작은아이는 이제 막 유치원에 입학할 정도로 앳된 여자아이였다. 아니 애기였다.

동생의 손을 꼭 잡고 있는 아이.

겁에 질려 의사만 봐도 가슴이 철렁 내려앉는 녀석들.

사슴 같은 녀석들의 눈이 일렁거렸다.

그들에게 난, 자신의 부모를 호시탐탐 노리는 승냥이쯤으로 보이는 모양이었다.

아이러니하게도 이 핏덩어리 같은 아이 둘이 방수남 환자의 보호자였다.

“수민아, 수진이 데리고 잠깐 밖에 나가 있을래?”

“아빠!”

수민이가 불안한 눈빛으로 머뭇거렸다.

“괜찮아. 아빠, 엉덩이 주사 맞아야 해서 그래.”

“아, 알았어. 수진아, 가자.”

"어, 오빠."

수민이가 어린 수진의 손을 꼭 붙잡고 밖으로 나갔다.

"아이들이 참 귀엽네요."

"네, 저 녀석들이 제 보물이죠."

방수남이 입가에 희미한 미소를 띠었다.

"아이 엄마는……."

아차 싶었다. 난 말을 집어삼키려 했으나 이미 너무 늦어 버렸다.

"아이 엄마는 막내 수진이를 낳은 해에 교통사고로 하늘나라로 갔습니다."

"죄송합니다."

"아뇨, 괜찮습니다. 이제 아내 없이 사는 것도 익숙해져서 괜찮아요."

"……그래도 아이들이 구김살 없이 잘 큰 것 같아요."

난 어색한 분위기를 모면해 보려 했다.

"네에, 맞아요. 우리 애들 예쁘죠?"

"네, 너무 귀엽습니다. 특히 수진이는 포동포동한 볼이 깨물어 주고 싶더라고요."

"후후, 네. 우리 수진이가 제 엄마를 많이 닮았어요. 그렇게 딸을 가지고 싶어 했는데……."

어느새 방수남의 눈이 젖어 들어갔다.

"저렇게 잘 자란 모습을 보면 아내분도 하늘나라에서 흐뭇

해하실 겁니다."

"그래요. 아내도 지켜보고 있겠죠. 그래서 어떻게든 제가 털고 일어나야 하는데 이 모양 이 꼴이네요."

"너무 걱정하지 마십시오. 암이라고 해서 치료가 불가능한 건 아닙니다. 우리나라 의학도 많이 발전했기 때문에 치료만 잘 받으시면……."

"암 보험이라도 하나 들어 놨으면 얼마나 좋았을까요? 먹고살기 힘들어 그 흔한 암 보험 하나 못 들어 놓은 게 천추의 한이네요."

"……."

방수남의 말이 맞다.

의료 서비스는 눈부시게 발전했지만, 그렇다고 해서 그 혜택이 모든 사람에게 가는 건 아니었다.

암 치료 신약 주사 한 방에 수천만 원. 이 모든 의료 서비스를 방수남처럼 평범한 사람들이 받을 수 있는 건 아니지 않은가? 의사로서 무력감을 느끼는 순간이었다.

"우리 병원도 여러 가지 지원 정책이 마련되어 있고, 의료비 부담이 벅찬 분들을 위해 지원해 주는 단체도 있으니 너무 걱정 마십시오."

"네, 고맙습니다. 그나저나 선생님, 뭐 하나만 여쭤봐도 되겠습니까?"

"네, 말씀해 보세요."

"저기, 수술은 완전히 불가능한 겁니까? 알아보니까 항암 치료를 하더라도 성공할 확률도 높지 않고, 그 면역 치료제인가 그건 건강보험도 안 돼서 제가 엄두도 내지 못하던데요."

방수남의 얼굴이 무척 어두워 보였다.

"음, 수술이 불가능한 건 절대 아닙니다."

"그, 그렇습니까? 그러면 저 수술을 받으면 안 되겠습니까?"

불가능하지 않다는 말에 방수남이 필사적으로 매달리기 시작했다.

확실히 치료된다는 보장도 없는 항암, 면역 치료. 방수남의 입장에선 엄청난 치료비를 고려하지 않을 수 없었다.

"아뇨, 이 교수님의 말대로 수술을 해서 얻을 수 있는 이득보다 항암 치료를 해서 얻을 수 있는 이득이 훨씬 더 큽니다. 그래서 약물 치료를 권하신 겁니다."

"하아, 돈 때문에요. 저 낮에는 택배 일 하고 밤에는 대리 뜁니다. 두 아이 건사하면서 제가 모아 놨으면 얼마나 모아 놨겠습니까?"

"……."

괜히 치료받는다고 돈만 다 날려 버리면, 우리 아이들은 어떡합니까? 수술을 받아서 완치될 수 있는 보장만 있다면 어떻게든 비용을 마련해 보겠지만, 저 혼자 살겠다고……."

흑흑흑. 결국 방수남이 참아 왔던 눈물을 쏟아 내고 말았다.

"너무 걱정하지 마십시오. 저도 방법을 한번 찾아보도록 하겠습니다. 아이들을 위해서라도 절대로 약해지시면 안 됩니다."

"네, 선생님이 그렇게 말씀해 주시니 위안이 되는군요. 그나저나 선생님, 저 어려운 부탁 하나만 해도 되겠습니까?"

"네, 말씀하십시오."

"하아, 우리 아이들은 제가 무슨 병에 걸렸는지 아무것도 모릅니다. 게다가 암이 얼마나 무서운 병인지도 몰라요."

"네에."

"그래서 말인데, 제가 차마 제 입으로 말은 못 하겠어요. 선생님이 적당한 때를 봐서 우리 큰애한테 말을 좀 해 주시겠습니까? 힘들게 살아서 그런지 제법 철이 든 아이예요. 잘 설명해 주시면 알아들을 겁니다."

"후우, 아이가 받을 충격이 클 텐데요."

말 그대로 정말 어려운 부탁이었다.

"네에, 하지만 우리 수민이만큼은 알아야 할 것 같아서요. 제가 잘못되면……."

"그런 말 하지 마십시오. 결국 병은 자기와의 싸움입니다. 환자가 포기하면 절대 이길 수가 없어요."

"네네, 저도 절대로 포기는 하지 않겠습니다. 다만, 우리 아이들도 마음의 준비는 해야 하지 않겠습니까? 부탁드립니다, 선생님!”

“네, 제가 적당한 때를 봐서 말해 보도록 하겠습니다.”

“고맙습니다, 정말 고맙습니다!”

잠시 후, 병실 복도.

내가 병실에서 나오자 의자에 앉아 있던 수민이가 자리에서 벌떡 일어났다.

“우리 아빠 괜찮은 건가요?”

“그럼! 당연하지.”

어린 수민 남매.

아무것도 잘못한 것이 없는 이 아이들이 감당할 수 없는 엄청난 짐을 져야 할지도 모른다.

아무런 잘못도 하지 않은 이 해맑은 녀석들이.

장난감이나 가지고 놀아야 할.

엄마 아빠 품에서 재롱이나 피워야 할.

이 어린것들이 말이다.

수민 남매들을 보자 가슴이 먹먹해지는 것 같았다.

“수민이라고 했지?”

“네.”

제법 똘망똘망한 녀석이었다.

“밥은 먹었니?”

"네."

"아니!"

밥을 먹었느냐는 말에, 한 녀석은 네, 한 녀석은 아니오였다.

"나 배고파! 오빠! 우리 오늘 아무것도 안 먹었잖아."

머리털이 다 빠져 볼품없는 인형을 가지고 놀던 수진이가 자기 배를 문질렀다.

"수진아! 오빠가 아침에 바나나 우유 사 줬잖아."

"바나나 우유가 밥이야? 나, 밥 먹고 싶어."

히잉, 수진이가 훌쩍거리며 응석을 부리기 시작했다.

"그래그래. 선생님도 아직 밥 안 먹었는데, 우리 자장면 먹으러 갈까? 탕수육도 같이 먹자. 선생님 잘 아는 곳이 있거든."

난 자세를 낮춰 수진이와 눈높이를 맞췄다.

"와! 신난다!"

"수진아, 안 돼! 아빠가 절대로 모르는 사람한테 신세 지지 말라고 했잖아."

"신세가 뭔데?"

"지금 네가 이러는 거! 이게 신세 지는 거야."

수민이가 수진이의 양팔을 잡고 야무지게 타일렀다.

"히잉, 그래도 나 배고프단 말이야."

어느새 눈물까지 그렁그렁한 수진이었다.

"오빠가 나중에 돈 많이 벌면 사 줄게! 아빠도 아무것도 못 드시는데, 우리만 배부르게 먹을 순 없잖아. 알았지?"

"히잉, 저, 정말이야? 그러면 인형도 사 줄 거야?"

"그럼, 인형도 많이 많이 사 줄게. 그때까지만 참아."

"오빠! 진짜 사 줄 거지? 나 마론인형 갖고 싶단 말이야. 친구들은 다 가지고 있는데, 나만 없어."

"그래, 친구들 것보다 훨씬 더 좋은 걸로 사 줄게!"

"야! 신난다."

"그러니까 계속 보채면 안 돼."

"히잉, 그래도 나 엄청 배고픈데."

"그만해! 이따가 집에 가서 밥 해 줄 테니까."

"오빠가 해 준 밥은 맛없는데."

"방수진! 너 자꾸 이렇게 보채면 오빠한테 혼나?"

"아, 알았어."

히잉, 여전히 불만인지 수민이가 입을 내밀며 투정을 부렸다.

"선생님, 너무 감사하지만, 사양하겠습니다."

그러고 나서 수민이가 인사를 하며 정중히 거절했다.

누가 저 아이를 이토록 어른으로 만들었을까?

수민이의 어른스러운 모습에 마음이 무거워지는 것 같았다.

"좋아, 수민아! 네 마음은 충분히 알았으니까, 우리 이렇게 하는 건 어떨까? 오늘 선생님이 자장면을 사 줄 테니까, 나중에 어른 돼서 돈 많이 벌면 네가 갚아. 그땐 자장면 가지고는 안 되고 이자까지 쳐서 더 비싼 걸로! 어때?"

"갚으라고요?"

"그럼! 갚으면 신세 지는 거 아니잖아."

"……."

고개를 돌려 수진의 얼굴을 빤히 쳐다보는 녀석. 마음의 결정을 하기까진 잠깐의 고민이 필요했던 모양이었다.

"어때? 그러면 되지 않을까?"

"……네, 그러면 꼭 갚을게요. 다만 아빠한테 허락부터 받고요."

"그래, 선생님은 밖에서 기다릴 테니까, 아빠한테 말씀드리고 와."

"네, 선생님!"

잠시 후, 수민이는 아빠의 허락을 받았고 그렇게 난, 두 아이와 함께 힘겹게 중국음식점으로 향할 수 있었다.

병원 인근 중국 음식점, 자금성.

"와! 자장면이닷!"

음식이 나오자마자 수진이는 입 주변에 자장과 탕수육 소스를 묻혀 가며 정신없이 먹기 시작했고, 수민이는 그런 수진이를 챙기느라 밥을 제대로 먹질 못했다.

"수민아, 이제 너도 좀 먹어."

그렇게 배를 채운 수진이가 잠이 들자 수민이가 그제야 젓가락을 집어 들었다.

"네, 선생님. 감사히 잘 먹겠습니다."

"그래, 많이 먹어. 자장면 불었을 텐데, 바꿔 줄까?"

"아니에요. 괜히 돈 쓰실 필요 없으세요."

후루룩, 녀석이 퉁퉁 불어 터진 자장면을 먹기 시작했다.

잠시 후.

"음, 사실 선생님이 수민이한테 할 말이 있어."

난 조심스럽게 방수남이 부탁한 말을 꺼내려 했다.

"네, 말씀하세요."

"그게……. 그게 말이야. 너희 아빠가……."

"우리 아빠 암이죠? 폐암! 그리고 암이 엄청 무서운 병이라는 것도 알아요."

녀석이 젓가락을 내려놓더니 빤히 나를 쳐다봤다.

"어? 어어. 후우, 그래. 아빠 폐암 맞아. 그런데, 치료하면 분명 나을 수 있단다."

"그러려면 돈도 많이 필요한 거죠?"

"음, 그건 네가 걱정하지 않아도 돼. 그런 건 어른들이 알아서 하는 거니까.”

“아뇨. 저 어른들 말 하나도 안 믿어요. 우리 집 뺏어 간 사람도 어른이고, 우리 엄마 차로 치고 도망간 사람도 어른이에요! 그래서 어른 말은 절대로 안 믿어요, 전!”

누가 이 아이를 이렇게 만들었을까? 가슴이 답답해지는 것 같았다.

“음, 꼭 그렇게 나쁜 어른들만 있는 건 아니야. 그러니까…….”

“이거 아빠 치료비로 쓰려고 모아 둔 돈이에요! 많이 모자란 거 알아요! 그러니까, 우리 아빠 치료비 좀 빌려주세요! 선생님! 제가 커서 돈 많이 벌어서 꼭 갚을게요! 제발!”

결국 어른스러웠던 녀석도 눈물을 흘리고 말았다.

수민이가 봉투 속에 고이 간직하고 있던 꼬질꼬질한 지폐를 내밀었다.

대략 만 원 십여 장에 오만 원 두 장이 고작이었다. 다 합해 봐야 20여만 원 정도였다.

“음……. 아니? 좀 남을 것 같은데?”

“네? 저, 정말요?”

옷소매로 눈물을 훔쳐 내며 놀라는 녀석.

“그럼, 이 정도면 아빠 약값 하고도 남아. 그러니까 선생님이 너한테 돈을 빌려줄 필요도 없겠지?”

“지, 진짜예요?”

"녀석아, 선생님은 거짓말 안 해. 치료비로 충분하니까 걱정 안 해도 돼."

수민아! 남아! 충분히 남아.

아버지를 생각하는 너의 그 마음만으로도 넘치고도 남는단다.

"저, 정말이죠? 선생님 말 믿어도 되는 거죠?"

"그래, 그러니까 탕수육도 남기지 말고 다 먹어! 더 먹고 싶은 거 있으면 시켜도 좋고."

"네! 그러면 감사히 먹겠습니다!"

치료비가 남는다는 말에 녀석의 얼굴이 환해지는 듯했다.

"왜, 좀 더 먹지?"

탕수육 몇 개를 건져 먹더니, 젓가락을 내려놓는 수민.

"괜찮아요. 많이 먹었어요. 선생님, 이거 싸 가지고 가도 되는 거죠?"

"그렇긴 한데, 왜?"

"이따가 집에 가서 우리 수진이 먹이려고요. 음식값은 제가 나중에 꼭 갚겠습니다."

"……그, 그래. 그렇게 해. 여기요! 여기 탕수육 포장 좀 해 주세요."

이미 다 철이 들어 버린 녀석. 그 모습을 보는 것만으로도 가슴이 미어지는 것 같았다.

그리고 일주일 후, 흉부외과 병동 408호.

웅성웅성.

"방수남 씨 되십니까?"

"네, 그렇습니다만……. 무슨 일이십니까?"

영문을 알 수 없다는 듯이 방수남이 눈을 깜박거렸다.

"네, 한산경찰서에서 나왔습니다. 몇 가지 확인할 것이 있어서 왔습니다."

어느 날 갑작스럽게 경찰 몇몇이 방수남을 찾아 병원에 왔다.

"확인이요?"

"네, 그렇습니다."

"네, 말씀하십시오."

방수남이 의아한 듯 침대에서 일어나 앉았다.

"방수진 어린이가 따님 맞습니까?"

"네, 제 딸입니다. 그런데 왜요?"

"방수남 씨가 따님인 방수진 양을 학대했다는 제보를 받았습니다. 확인해 보니 이 병원에 입원하고 계시다고 해서 찾아왔습니다."

"……."

웅성웅성.

"뭐야? 요즘 병원에 오는 그 여자애를 말하는 거야?"

"그런 것 같은데? 아니 저 사람, 겉보기엔 순한 사람처럼 보였는데, 이게 무슨 난리야? 열 길 물속은 알아도 한 길 사람 속은 모른다더니!"

"그러게 말이야. 저기 봐. 아무 말도 못 하는 거 보니까 켕기는 게 있긴 하나 보네?"

"아니, 그 어린것을, 어디 때릴 데가 있다고 때려?"

아동 학대라는 경찰의 말에 주변 사람들이 술렁거리기 시작했다.

"지금 경찰에서 조사 중이고 일부 증거물과 주변의 증언도 속속 나오고 있는 상황입니다. 현재 병환 중이시니 일단 서면 질의서를 남겨 놓겠습니다. 빠짐없이 작성해 주시기 바랍니다."

"네에."

이상할 만큼 단 한 번의 부인도 하지 않는 방수남이었다.

"지금 뭐 하시는 겁니까?"

그 순간, 김윤찬이 병실 안으로 들어왔다.

"아, 네. 한산경찰서에 나왔습니다. 조사할 것이 있어 방문했습니다."

"조사할 게 있으면 이렇게 막 무단으로 병실로 쳐들어와도 되는 겁니까? 이곳은 면역력이 떨어진 환자들이 입원해 있는 병실입니다. 당신들 때문에 감염에 노출되면 어쩌려고 그러십니까? 전부 책임지실 수 있습니까?”

김윤찬이 격앙된 목소리를 냈다.

“그런 뜻이 아니라, 일단 확인차 방문했을 뿐입니다.”

난감한 듯 경찰들이 얼굴을 붉혔다.

“당장 이곳에서 나가시기 바랍니다! 담당 의사와 사전 협의도 없이 이렇게 무작정 쳐들어오는 것이 법치국가에서 있을 수 있는 일입니까?”

“아니, 그게 아니라…….”

“당장 나가시라고요! 무단 침입으로 고소할까요?”

“아, 네. 아, 알겠습니다.”

김윤찬의 호통에 어쩔 수 없이 경찰들이 자리를 뜰 수밖에 없었다.

잠시 후.

“방수남 씨, 무슨 일입니까?”

경찰들이 돌아간 후, 김윤찬이 방수남에게 물었다.

“아, 아무것도 아닙니다. 김 선생님은 신경 쓰지 마십시오.”

방수남이 침통한 얼굴로 시선을 아래쪽으로 떨궜다.

“음, 무슨 일인지는 모르겠으나 앞으로 또 한 번 이런 일이 발생하면 저한테 바로 알려 주십시오. 제가 조치를 취하도록 하겠습니다.”

“……”

방수남이 말없이 고개를 끄덕였다.

“네. 그건 그렇고 검사 결과가 나왔고, 예정대로 혈액종양내과로 옮겨 치료를 받으시게 될 겁니다.”

“……”

“방수남 씨?”

방수남이 아무 대답을 하지 않은 채 먼 산만 바라보자, 김윤찬이 그의 어깨를 건드렸다.

“네?”

그제야 대답하는 방수남.

“제가 한 말 들으셨습니까?”

“아, 아뇨. 다시 한번만 말씀해 주시겠습니까?”

“음, 다음 주부터 혈액종양내과로 옮겨 치료받으실 거라고요.”

“아, 네. 알겠습니다.”

방수남이 반쯤 넋이 나간 얼굴로 고개를 끄덕였다.

“네, 특별히 어디 불편한 데는 없으시죠?”

“네, 없어요.”

“알겠습니다. 그러면 전 이만 나가 보도록 하겠습니다.”

잠시 후.

“의사 양반, 잠시 나 좀 봅시다.”

병실 밖으로 나가자, 방수남과 같이 병실에 입원한 할아버지 환자 한 분이 내 옷소매를 잡았다.

"무슨 일이십니까?"

"아까 말이여. 그 방 씨 말이여."

"네, 그런데요?"

"그 방 씨가 자기 딸래미를 때렸다는구먼. 그래서 경찰이 병원에 찾아온 겨."

"네? 그게 말이 되나요? 방수남 씨가 아동 학대를 했다는 겁니까?"

"그려. 나도 깜짝 놀랐다니까? 세상 순진하게 생긴 방 씨가 그럴 줄은 꿈에도 몰랐어."

할아버지가 어이없다는 듯이 한숨을 내쉬었다.

"확실한 겁니까?"

"암만! 아까 경찰이 들고 온 사진을 힐끗 보니까, 그 꼬맹이 몸에 멍 자국이 한두 개가 아니더라고? 천벌을 받을 인간! 그 어린것이 무슨 잘못을 했다고 그렇게 두들겨 패? 아니, 잘못이 있다고 해도 말로 하면 되지, 그렇게 시퍼렇게 멍이 들도록 때리는 인간이 어딨다? 금수만도 못한 인간!"

쯧쯧쯧, 할아버지가 입을 씰룩거리며 욕을 했다.

"멍 자국이라고 했습니까?"

"그래. 등짝에 시퍼렇게 멍이 들었더구먼. 저런 몹쓸 인간은 치료도 해 주면 안 돼. 천벌을 받을 인간! 지도 할 말이 없으니까 아무 말도 못 한 거 아녀! 안 그랬으면 그러고 자빠져 있겠어?”

“…….”

“자기가 한 짓이 아니면 펄쩍 뛰어야 할 일 아녀? 그런데도 아무 소리 못 하는 것 봐. 일말의 양심이라도 있긴 한가 보지? 말세야, 말세! 눈에 넣어도 안 아플 딸래미를 그렇게 죽도록 패는 애비가 세상에 어딨는감! 나, 가네.”

끌끌끌, 할아버지가 혀를 차며 휴게실 쪽으로 발길을 옮겼다.

아니, 그럴 리가 없지 않은가? 이건 뭔가 잘못되어도 한참 잘못된 게 틀림없어.

방수남과 그의 아이들인 수민이, 수진이를 볼 때, 도저히 있을 수 없는 일이 일어나고 말았다.

이기석 교수 연구실.

이기석 교수가 방수남 환자의 상태를 확인하기 위해 나를 자신의 연구실로 호출했다.

“김윤찬 교수, 다음 주 월요일에 방수남 환자 혈액종양내과로 트랜스퍼됩니까?”

이기석 교수가 차트를 살펴보며 내게 물었다.

"네, 그렇습니다."

"검사 결과 별다른 건 없는 거죠?"

"네, 그렇습니다. 교수님이 말씀하신 대로 스몰 셀 칼시노마 3B기 맞는 것 같습니다."

"그래요. 혹시나 했는데……."

이기석 교수가 아쉬운 듯 고개를 갸웃거렸다.

"이젠 혈액종양내과로 트랜스퍼해야 할 것 같습니다."

"아무래도 그게 낫겠죠. 아무튼 트랜스퍼되기 전까지는 우리 환자니까 김 교수가 끝까지 잘 살펴봐 줘요. 이제부터 환자는 시간과의 싸움인 것 같군요. 최대한 빨리 치료에 들어가야 합니다. 혈액종양내과에 넘길 자료도 잘 정리를 좀 해 주고요."

"네, 알겠습니다."

"아, 그나저나 병원에 이상한 소문이 돌던데, 그건 무슨 말입니까? 경찰이 병실을 들락거린다는 소리 같던데?"

수민, 수진 남매의 아동 학대 관련 소문을 말하는 모양이었다.

"네, 방수남 환자가 몇 가지 일로 경찰의 조사를 받고 있는 것 같습니다. 입원한 상태라 경찰서에 출두할 수 없으니, 조사차 병원을 찾아온 것 같습니다."

"이런 말도 안 되는 소리! 어디 경찰이 함부로 병실을 들락거립니까?"

이기석 교수가 버럭거리며 화를 냈다.

"……."

"아니, 그 병실은 죄다 면역력 떨어진 암 환자뿐인데, 그러다 감염이라도 되면 어쩌려고요? 병원에서 아무런 조치도 안 합니까?"

"네, 일단 그런 것 같습니다."

"말도 안 돼! 그래서, 김윤찬 교수는 가만히 있었습니까?"

"아뇨, 그래서 저도 주의를 줬습니다. 조사를 하더라도 담당 주치의의 허락을 받으라고요. 절대 주치의의 허락 없이 병실에 출입할 수 없다고 해 뒀습니다."

"흠흠, 그건 잘했네요. 아무튼 암 환자 병실은 각별한 주의를 기울여야 합니다! 이 부분은 김 교수가 신경을 좀 써 줘요."

"네."

"그래요. 바쁠 텐데 나가서 일 보세요."

"네, 알겠습니다. 그런데 교수님!"

"뭡니까? 할 얘기가 남았나요?"

"네, 궁금한 게 있어서요."

"뭡니까?"

이기석 교수가 대수롭지 않게 답했다.

"방수남 환자가 무슨 조사를 받고 있는지는 왜 여쭤보지 않으신 겁니까?"

"그게 중요합니까?"

이기석 교수가 고개를 갸웃거렸다.

"아니, 그래도……. 저라면 방수남 환자가 무슨 혐의를 받고 있는지 궁금할 것 같아서요."

"그걸 알아서 뭐 하려고요? 방수남 환자가 살인이라도 저질렀다는 겁니까? 아니, 살인을 저질렀다고 칩시다. 그랬다면 김 교수는 방수남 환자를 치료하지 않을 생각이셨습니까?"

"아, 아뇨. 그런 뜻은 아닙니다."

"그런데 그런 질문을 왜 하죠?"

"네, 죄송합니다."

"김윤찬 교수! 방수남 환자가 무슨 죄를 지었든 간에 그와 나, 그리고 김윤찬 선생과의 관계는 환자와 의사의 관계지, 그 이상도 그 이하도 아닙니다. 따라서 달라질 건 아무것도 없어요. 우린 우리가 해야 할 일만 하면 됩니다."

"넵, 알겠습니다."

난 의사로서 이기석 교수의 확실한 가치관에 더 이상 토를 달 이유도 근거도 찾을 수 없었다.

"음……. 나도 귀가 달렸으니 대충 소문은 들어서 압니다. 방수남 환자가 아동 학대 혐의를 받고 있다면서요?"

"네에, 그렇습니다."

"하지만 혐의를 받고 있는 거지, 유죄가 확정된 것은 아니지 않습니까?"

"그렇습니다."

"그러니까 김윤찬 교수도 괜한 선입견 갖지 말고 사심 없이 환자를 대해 주십시오. 세상을 살면서 가장 무서운 게 선입견이더군요. 아직 아무것도 밝혀진 것도 없고, 만약 유죄가 인정된다 할지라도, 우린 의사고 방수남 씨는 환자임을 잊지 말기 바랍니다."

"네, 교수님!"

"잠깐만요, 김윤찬 교수. 수진이 그 아이 몸에 멍 자국이 있다면서요?"

내가 연구실을 나가려 하자, 이기석 교수가 발길을 멈춰 세웠다.

"네에, 그렇다고 들었습니다."

"흐음, 멍이라는 건 꼭 외부의 충격에 의해서만 생기는 건 아니에요."

"네?"

"아뇨, 뭐. 그렇다는 겁니다. 나가셔서 일 보세요."

"네, 알겠습니다."

멍은 꼭 외부의 충격에 의해서 생기는 것만은 아니다?

방수남 병실.

"환자분, 요즘 아이들이 안 보이네요?"

"……."

방수남은 묵묵부답이었다.

경찰이 다녀간 후로 부쩍 수척해진 얼굴이었다.

"수진이 녀석이 자꾸 눈에 밟히네요. 녀석 오면 주려고 마론인형인가? 그거도 하나 사 놨거든요?"

"죄송하지만, 우리 딸애한테 신경 꺼 주십시오."

"네?"

"선생님이 이러시는 거, 불편합니다. 그러니까 괜히 그런 거 사 가지고 오지 마십시오. 정에 굶주려 있는 아이들입니다. 선생님은 일회성 동정심으로 그러시겠지만, 이 일로 아이들은 상처를 입을 수도 있습니다. 그러니 앞으로 이러지 마십시오."

방수남이 냉정하게 거절했다.

"아, 네. 제가 미처 거기까지 생각지는 못했군요. 죄송합니다."

"아닙니다, 선생님이 죄송할 일은 아니죠."

"네에."

경찰이 다녀간 이후로 방수남의 태도가 확실히 변한 모습이었다.

잠시 후.

"김 선상! 방 씨 저 양반 아이들이랑 접근 금지인가 뭔가, 그거 받았다고 하네? 고 녀석들 당분간 병원에 못 올 거야."

병실을 나서자 며칠 전 그 할아버지가 말을 전했다.

"접근 금지 명령이요?"

"그랴."

"그랬군요. 그래서 아이들은 지금 어디 있나요?"

"뭐, 집에 있던 거 같은데? 경찰서에서 순경이 가끔씩 찾아가서 이것저것 돌봐 주나 벼. 내가 아는 건 여기까지여."

"아, 네."

"흐음, 근디 아무리 봐도 방 씨 저 사람이 그렇게 몹쓸 짓을 할 사람은 아닌 것 같은데 말이여. 도대체 무슨 곡절이 있는지 허구한 날 넋 빠진 사람처럼 창밖만 바라보고 있더라고. 약도 지대로 안 먹는 거 같던디?"

"그래요?"

"그랴. 나도 처음엔 나쁜 놈이라고 욕을 했는디, 찬찬히 보니까 아무리 생각해도 그럴 사람이 아녀. 필시 무슨 곡절이 있을 거여, 암!"

할아버지가 고개를 갸웃거렸다.

도대체 세 사람 사이에 무슨 일이 있었던 걸까?

난, 일단 아이들부터 만나 보기로 결심했다.

주말, 내가 찾아간 곳은 한산동 달동네.

바로 방수남의 집이었다.

언덕배기를 힘겹게 올라간 후, 한참을 헤맨 후에야 방수남의 낡은 빌라를 찾아낼 수 있었다.

"서, 선생님!"

삐거덕거리는 현관문을 열자, 라면 몇 개가 들어 있는 검은 비닐봉지를 든 수민이가 있었다.

"어, 수민아."

"선생님이 여길 어떻게 오셨어요?"

"어, 너희가 걱정돼서 찾아왔어. 여기 사니?"

"네, 여기가 우리 집이에요."

"그래, 다행히 잘 찾아왔구나. 선생님이 수민이랑 할 얘기가 있는데……."

"네, 들어오세요."

"고맙다."

"네."

난 수민이를 따라서 반지하방인 방수남의 집으로 들어갔다.

수민이의 집으로 들어가는 길은 좁고 어두웠다.

집 안으로 들어가자 눅눅한 냄새가 올라왔고, 곳곳에 곰팡이가 피어 있었다.

거실이라고 할 것도 없을 정도로 비좁은 주방 겸 거실에, 빛도 제대로 들어오지 않는 두 개의 작은 방으로 구성되어 있었다.

"선생님, 들어오세요."

"어, 그래."

"밥은 먹었니?"

"아뇨, 지금 먹으려고요. 선생님도 아직 안 드셨으면 같이 드실래요?"

녀석이 라면 봉지를 들어 올려 보였다.

"어? 어, 그래. 우리 같이 먹을까? 그러면 내가 할게. 선생님이 라면 기똥차게 잘 끓이거든?"

"아니에요. 우리 집에 오신 손님인데 그럴 수는 없죠. 제가 끓여 드릴게요. 이거 마시면서 잠시만 기다려 주세요."

수민이가 냉장고에서 음료수를 꺼내더니 컵에 따라 쟁반에 받쳐 내왔다. 어릴 때 즐겨 먹던 파인애플 맛이 나는 음료였다.

"와! 선생님 이거 되게 좋아하는데!"

녀석의 성의를 봐서라도 맛있게 마시지 않을 수 없었다.

"정말요? 다행이네요. 싫어하시면 어쩌나 걱정했거든요."

"싫어하긴? 선생님도 이거 냉장고 쟁여 놓고 마셔. 그나저나, 선생님 라면 엄청 잘 끓이는데 내가 하면 안 될까?"

"아니에요. 제가 더 잘 끓여요. 잠깐만 앉아 계세요."

"그래, 알았다."

제법 능숙하게 가스 불을 켜고 라면을 끓이는 녀석. 아빠가 없는 집안의 살림꾼이었다.

그렇게 수민이가 정성스럽게 라면을 끓여 상에 내왔다.

"선생님, 드세요!"

"그래, 같이 먹자!"

"네."

"어? 이건 면밖에 없네?? 부족하면 넣어 먹으려고 그런 거야?"

세 개의 그릇, 두 개는 제대로 된 라면이었지만 나머지 하나는 허여멀건 면발만 담겨 있었다.

"아뇨. 수진이는 매워서 라면 잘 못 먹어요. 여기에 간장 좀 넣어서 비벼 줘야 하거든요."

"오빠가 간장만 덜어 줘. 내가 비빌게."

"응, 알았어."

또르르, 늘 그래 왔는지 수민이가 간장을 덜어 내 면에 뿌려 주자 수진이가 능숙하게 비비기 시작했다.

얘들아…….

뭔가 울컥하며 치밀어 오르는 걸 간신히 참아 냈다.

"선생님, 밥 드시고 싶으시면 말씀하세요. 부엌에 찬밥 좀 남은 거 있어요."

"그래, 역시 라면엔 찬밥이지! 좋아, 먹자!"

"네!"

후루룩.

"와! 라면 이거 제대론데? 선생님이 꼬들꼬들한 면발 좋아하는 거 어떻게 알았지? 수민이 너 정말 라면 기똥차게 잘 끓인다!"

얼마나 라면을 많이 끓여 봤으면…….

코끝이 시큰해 얼얼했다.

"뭐, 그냥. 어른들은 꼬들면을 좋아하시더라고요. 우리 아빠도 그렇고요."

그렇게 난, 수민이가 끓여 온 라면을 맛있게 먹었다. 세상 그 어떤 고급 요리보다 맛있는 라면을 말이다.

잠시 후.

"수민아! 선생님이 뭐 하나만 물어봐도 될까?"

라면을 먹고 난 후 난 조심스럽게 말문을 열었다.

"……선생님도 경찰 아저씨들이 얘기하시는 거 믿는 거예요?"

눈치 빠른 녀석이 내가 뭘 물어볼지 이미 알고 있었다.

"……."

"우리 아빠 아니에요, 절대!"

"알아. 나도 방수남 씨가 절대 그랬을 리 없다고 생각해."

"네! 우리 아빠가 얼마나 좋은 사람인데요. 저랑 수민이, 단 한 번도 아빠한테 맞은 적 없어요. 맹세해요!"

어느새 수민이의 눈에 눈물이 가득 고여 있었다.

"수민아, 맹세 같은 거 할 필요 없어. 선생님도 너희 아빠를 믿는단다. 선생님은 다만 너희가 어떻게 지내고 있나 궁금해서 온 거야."

"정말요?"

"그런데 왜 경찰들이 그런 오해를 했는지는 모르겠지만."

"저도 모르겠어요! 자꾸 경찰 아저씨들이 찾아와서 겁내지 말고 다 말하라고 하는데, 뭘 말하라는 건지 도저히 모르겠거든요."

흑흑흑, 수민이가 참았던 눈물을 터뜨리고 말았다.

"경찰들이 자주 와?"

"네에. 제가 우리 아빠는 절대 그런 사람 아니라고 해도, 제 말을 믿지 않아요. 난 사실대로 말했는데, 자꾸 사실대로 말하래요. 그래야 우릴 도와줄 수 있다고요."

미쳤군!

잔뜩 겁에 질린 아이들을 대상으로 뭘 하겠다는 건가?

"그래, 경찰 아저씨들이 뭔가 오해를 하고 있는 것 같구

나. 그밖에 다른 말은 안 했니?"

"네, 특히 수진이에 대해서 꼬치꼬치 캐물었어요. 몸에 난 멍 얘기를 하면서요. 그 멍은 원래 있었던 멍이거든요. 근데 경찰 아저씨들이 자꾸 아빠가 동생을 때렸다고 말하래요! 도대체 왜 사실대로 말하라면서 저한테는 거짓말을 시키는지 모르겠어요."

"원래 있었던 멍이라고?"

"네, 얼마 전부터 갑자기 수진이 몸에 멍이 생기더라고요. 저도 모르게 어디에 부딪힌 건가 했거든요. 아무리 원래 있었다고 해도 제 말은 믿질 않아요."

엉엉엉, 수민이가 설움이 북받쳤는지 이젠 목 놓아 울기 시작했다.

"오빠, 울어?"

옆에 있던 수진이가 어린 마음에도 걱정이 되는지 물었다.

"아냐, 그냥. 눈에 먼지가 들어가서 그래."

"내가 호 해 줄까?"

"응? 어, 그래. 우리 수진이가 호 해 주면 금방 괜찮아질 거야."

"알았어, 내가 호 해 줄게."

호~.

녀석이 자리에서 일어나 오빠에게 달려갔다.

바로 그때였다.

쓸려 올라간 옷 사이로 드러난 수진이의 옆구리. 언뜻 보기엔 분명 외부 충격에 의해 생긴 멍 자국이었다.

"수민아, 선생님이 수진이 몸 좀 살펴보려고 하는데 괜찮을까?"

비록 어린아이였지만 함부로 손을 댈 수 있는 상황은 아니었다.

"왜요?"

"선생님이 뭘 좀 확인해야 해서 그래. 그래서 수민이한테 허락을 좀 구하려고."

"네에, 알았어요."

"그래. 고맙다."

그렇게 수민이의 허락을 받아 살펴본 수진이의 몸!

온몸 곳곳에 산재한 멍은 외부의 충격에 의해서 생긴 멍이 아니었다!

퓨어퓨라(자색반병)!

피부나 점막에 크고 작은 출혈반이 나타나는 질병이었다.

보통 백혈병이나 재생 불량성 빈혈처럼 질병이 생겨 나타나는 경우도 있지만, 특이한 질병 없이도 생기는 증세이기도 했다.

정확한 것은 검사를 해 봐야 알겠지만, 육안으로 확인했을 때 속발성이 아닌 혈소판의 감소가 없는 특발성 자색반병일 가능성이 높아 보였다.

"수민아! 혹시 수진이가 최근에 감기 같은 걸 심하게 앓았던 적이 있니?"

"네, 지난달에 독감에 걸려서 엄청 고생했어요."

빙고!

바로 이거다.

알레르기성 자색반병.

보통 수진이처럼 면역력이 떨어진 아이가 심하게 감기를 앓고 나면 곧잘 발병하는 질병이었다.

이 자색반병에 생긴 멍 자국을 누군가가 때린 것으로 오해했던 모양이었다.

"혹시 수진이가 배가 아프다고 하거나 토를 하지는 않았니?"

"네! 항상 배 아프다고 자기 배 좀 문질러 달라고 했어요! 그리고 밥만 먹으면 자꾸 토를 하고요."

"다리는? 아프다고 하지 않던?"

"맞아요. 다리도 아프다고 했어요. 얼마 걷지도 않았는데 자꾸 업어 달라고 보채기도 하고요."

당연히 다리가 아팠겠지!

자색반병은 중력에 의해 피가 쏠리는 하지 쪽에 자주 생기기 마련. 그렇게 되면 발목이 자주 부어오르고 무릎에 무리가 갈 수밖에 없었다.

양말을 벗겨 수진의 발목을 살펴보니, 아니나 다를까 부어 있었다.

전형적인 알레르기성 자색반병.

이로써 난 수진이의 몸에 생긴 멍의 정체를 알아차릴 수 있었다.

"수민아, 지금부터 내 말 잘 들어."

난 수민의 양손을 잡고 조심스럽게 말을 이어 갔다.

"네 말대로 수진이 몸에 생긴 멍 자국들은 너희 아빠가 때려서 생긴 멍 자국이 아니야."

"네! 맞아요. 우리 아빠처럼 착한 사람이 그럴 리가 없잖아요!"

"그래, 네 말이 맞아. 수진이는 몸이 약해서 몸에서 피가 제대로 순환되지 않아 이런 멍이 생긴 거야. 즉, 수진이는 일종의 병을 앓는 거야."

"수, 수진이가요? 많이 아픈 병인가요?"

수진이가 아프다는 말에 녀석의 가슴이 철렁 내려앉는 듯 보였다.

"아니, 아니. 그런 건 아니고 너나 수진이나 그리고 나도 마찬가지로 흔히 걸릴 수 있는 감기처럼 흔한 병이야. 조금만 치료하면 나을 수 있단다."

"정말요? 우리 수진이 아무 일 없는 거죠?"

"그럼, 당연하지. 선생님은 거짓말 안 해. 다만, 감기도 가만 놔두면 큰 병이 될 수 있듯이 수진이도 지금 치료를 해야 해. 내 말이 무슨 말인지 알지?"

최대한 난 수민이를 안심시켜야 했다.

"네에, 정말 우리 수진이 괜찮은 거죠?"

여전히 마음이 놓이지 않는지 수민이가 반복해 물었다.

"응, 아무 걱정 하지 않아도 돼. 수진이는 선생님이 알아서 치료해 줄 테니까 걱정 마."

물론 알레르기성 자색반병이라 할지라도 가벼이 볼 성질의 것은 아니었다. 만약 치료를 하지 않고 그대로 방치한다면 만성 신부전으로 악화할 수 있는 병이었으니까.

그렇다고 해서 지금 약해질 대로 약해진 수민이한테 사실대로 말할 순 없었으리라.

"고맙습니다! 고맙습니다, 선생님!"

"그래, 너무 걱정 마."

"그러면 우리 아빠는 어떻게 되는 거예요?"

"어떻게 되긴? 당연히 방수남 씨는 아무런 잘못을 하지 않았으니, 너희와 아빠가 떨어져 있을 이유가 없는 거지."

"그러면, 저 아빠 다시 볼 수 있는 건가요??"

녀석의 그늘진 얼굴이 환하게 변하는 순간이었다.

"그럼! 아버지 일은 선생님이 알아서 할 테니까 너무 걱정하지 마. 선생님 믿지?"

"네! 선생님! 감사합니다, 정말 감사합니다."

바로 그 순간이었다.

"누구슈?"

삐거덕, 한 남자가 문을 열고 안으로 들어왔다. 아이들에게 주려는지, 손에 들린 비닐봉지에는 빵과 우유가 담겨 있었다.

"아저씨!"

수민이가 잘 알고 있는 사람이었는지 자리에서 일어나 공손하게 인사했다.

"그래, 이거 수진이랑 나눠 먹어라."

빵과 우유가 담긴 봉지를 아이에게 넘겨주면서도 그의 시선은 나를 향해 있었다.

잔뜩 경계하는 눈빛이었다.

그러자 수민이가 나를 그에게 소개했다.

"아저씨, 우리 아빠 병원에 계신 의사 선생님이세요. 선생님, 이분은 우리 아빠 친구분이세요. 요 앞 사거리에 있는 마트를 하시는 분이세요."

"의사 선생님?"

"네, 우리 아빠 치료해 주시는 의사 선생님이세요."

"그래? 의사 선생님이 여기까지 웬일이슈?"

남자가 문지방에 걸터앉으며 퉁명스럽게 물었다.

"아 네, 제가 아이들한테 좀 볼일이……."

"아저씨! 기쁜 소식이에요. 우리 아빠가 아무 잘못이 없다는 게 밝혀졌어요. 우리 수진이 몸에 생긴 거요, 이거요. 원래 수진이가 몸이 아파서 그런 거래요. 절대 우리 아빠가 때린 게 아니에요!"

"……."

말없이 고개를 들어 나를 바라보는 남자. 시선이 결코 곱지 않았다. 친한 친구의 누명을 벗겨 준 고마운 사람을 쳐다보는 눈빛은 분명 아니었다.

"당신이 수남이 담당 의사 선생이라고 했소?"

남자가 한동안 나를 물끄러미 바라보다 입을 열었다. 눈동자에는 경계하는 눈빛이 가득했다.

"네, 그렇습니다."

"고귀한 의사 선생이 이런 데까지 뭐 하러 오셨습니까?"

남자는 퉁명스러운 말투로 물었다.

"한동안 아이들이 안 보이기에 걱정돼서 찾아왔습니다."

"어휴, 의사 선생 오지랖도 태평양이군요. 그냥 신경 쓰지 않아도 되는데?"

"신경 쓰건 안 쓰건 그건 제가 결정합니다."

"허허, 참 별 양반 다 보겠네."

"그런 건 중요한 건 아니고요. 선생님은 아이들과 어떤 관계십니까?"

"뭐, 이 녀석들 삼촌쯤이라고 해 둡시다."

"네?"

"수남이랑은 깨복쟁이 친구란 말이요. 어려서 한동네에서 태어나 자랐으니까 형제나 다름없습니다."
"네, 그러십니까?"
"그래요. 그건 그렇고 여기까지 왔으니 통성명이나 합시다. 난 김무식이라고 합니다."
"네, 김윤찬이라고 합니다."
"젊은 양반이 참 특이하구먼. 나 살다 살다 이런 의사는 처음 봐."
"저 같은 의사 저 말고도 많습니다."
"허허, 참 독특한 양반일세. 그나저나 의사 선생, 술 좀 하십니까?"
나름 진정성이 있다고 생각했는지, 김무식이 조금은 경계심을 푸는 것 같았다.
"음, 뭐. 그럭저럭 마실 순 있습니다."
"그거 잘됐군요. 우리 가게로 가서 소주 한잔 하겠습니까?"
나한테 뭔가 할 말이 있는 것 같았다.
"네, 그러죠."
"그래요, 갑시다. 수민아! 아저씨랑 선생님이랑 할 말이 좀 있으니까, 수진이랑 이거 먹으면서 좀 기다려라."
김무식이 수민이에게 음식이 든 비닐봉지를 가리키며 말했다.
"아저씨, 무슨 일 있는 거 아니죠?"

“그럼, 그냥 아저씨가 의사 선생님이랑 한잔하고 싶어서 그렇단다. 그러니까 수진이 잘 데리고 있어?”

김무식이 수민이의 머리를 쓰다듬어 주었다.

“네, 알았어요.”

잠시 후, 김무식의 마트.

원마트라는 곳. 마트라기보단 구멍가게보다 조금 더 큰 규모의 슈퍼마켓 정도였다.

“안주로 뭘 먹으면 좋으려나?”

드르륵, 김무식이 냉장고 문을 열고 소주를 꺼내 두리번거렸다.

“아무거나 상관없습니다.”

“아무리 그래도 뭐 씹을 거리는 있어야 하지 않겠습니까? 어디 보자……. 여기 노가리가 있네. 이거면 되겠습니까?”

“네, 좋습니다.”

“그럽시다.”

김무식이 플라스틱 소주잔 두 개와 함께 노가리를 내왔다.

“자, 일단 한 잔 받으슈.”

또르르, 김무식이 소주잔에 소주를 담아 내게 내밀었다.

“네, 감사합니다.”

그렇게 우린 아무 말도 없이 소주 몇 잔을 나눠 마셨다.

"어디서부터 말을 꺼내야 하나……."

크읍, 김무식이 소주를 입 속에 털어 넣더니 하늘을 올려다보았다.

고등학교를 졸업하자마자 성공하겠다는 일념으로 고향을 떠난 김무식과 방수남.

밤이나 낮이나 둘은 열심히 일했다고 한다.

그래서 어느 정도 돈이 모여 김무식은 지금의 마트를 차렸고, 방수남은 동업자와 함께 인근에 제법 큰 고깃집을 차렸다.

하지만 동업자의 배신으로 방수남은 전 재산을 날렸고, 설상가상으로 수진이가 태어난 해에 불의의 뺑소니 교통사고로 아내도 떠나보내, 지금의 처지가 되었다는 얘기였다.

"그런 일이 있었군요."

"수남이는 세상 법 없어도 살 놈입니다."

질겅질겅, 김무식이 노가리 하나를 꺼내 초장을 찍어 입 속에 욱여넣었다.

"그러니까 말이 안 된다는 것 아닙니까? 그렇게 순하신 분이 아동 학대를 할 이유가 없지 않습니까?"

"그 방법이 아이들도 살고 수남이도 사는 길입니다."

"그게 무슨 소립니까?"

"더 말하면 길어지니까 의사 선생님은 그냥 모른 척해 주세요. 저나 수남이나 고심 끝에 내린 결정이니까."

"아니, 뭘 고심 끝에 내린 결정이라는 겁니까? 전 선생님의 말뜻을 이해할 수 없군요."

"그냥 남의 일에 관심 가지지 마시고 선생님은 선생님 갈 길을 가시라는 겁니다. 당신들 같은 있는 사람들이 우리네 삶을 어떻게 알겠소?"

"아뇨, 전 상식을 말씀드리는 겁니다. 두 분이서 무슨 고심을 하셨는지는 모르겠지만, 잘못된 것은 바로잡아야죠. 수진이 몸에 생긴 상처는 누군가의 구타에 의한 것이 아니라, 질병에 의한 증세입니다! 그런데 왜 방수남 씨가 그 짊을 짊어져야 하는 겁니까?"

"네, 알아요, 알아! 당신은 그저 제삼자지만, 수남이는 둘도 없는 내 친구요! 찢어져도 내 마음이 더 찢어집니다."

"그러니까 제대로 말씀해 보시라는 것 아닙니까? 자초지종을!"

"그게 아이들과 수남이가 사는 길이라고 하지 않았소?"

"아니요! 전 동의할 수 없습니다. 선생님이 제대로 말씀해 주시지 않는다면 전 지금 당장 경찰서로 갈 겁니다! 가서 수진이 상처는 구타에 의한 상처가 아니라는 것을 증언하겠습니다."

"하아, 제발 우리 일은 우리가 알아서 처리하게 하면 안 되겠습니까?"

벌컥벌컥, 김무식이 답답하다는 듯이 소주병째 들이켜기 시작했다.

"아뇨, 방수남 씨는 저의 소중한 환자고 아이들 역시 저와 관계를 맺었으니 그럴 순 없습니다. 말씀하십시오! 두 분이서 고심 끝에 내린 결정이 뭔지!"

난 조금도 물러설 마음이 없었다.

"그런다고 의사 선생이 우리 수남이를 위해서 뭘 해 줄 수 있는 건 아니지 않습니까?"

"적어도 자신의 자식을 학대했다는 누명은 벗겨 드릴 수 있겠죠. 빨리 말씀하십시오. 저, 그렇게 느긋한 성격이 아닙니다."

"후우, 알았어요! 말하면 되잖습니까?"

내가 자리에서 일어서려 하자, 그가 내 손목을 잡아끌었다.

"사실은……."

김무식이 어렵게 꺼낸 얘기는 어처구니없었다.

자신의 삶을 거의 포기한 방수남.

수술을 받아 회복할 수 없다고 스스로 판단했으며, 기약 없는 항암 치료는 무의미하다고 생각했던 모양이다.

그래서 지금의 극단적인 선택을 결정했다는 것.

자신이 누명을 쓰는 대신, 아이들이 살길을 열어 보겠다는 아버지의 처절한 선택이었다.

자신이 아동 학대 가해자가 되면 아이들은 국가에서 운영하는 보호시설에서 양육해 줄 것이다.

그렇게 되면 돈 걱정 없이 학업을 마칠 수 있고, 기회가 된다면 유복한 가정에 입양도 가능할 것이란 것이 김무식과 방수남의 생각이었던 모양이었다.

"어처구니없군요! 그래서 멀쩡한 사람을 아동 학대범으로 만든 겁니까? 그게 최선입니까??"

"아니, 당신같이 아무 걱정 없이 살아온 사람들에겐 어이없는 일인지 모르지만, 우리같이 벼랑 끝에 몰린 사람한테는 선택의 여지가 없는 일이었습니다. 이 방법밖에는 없었다고요!"

"그렇다고 아이 아빠를 파렴치한 범죄자로 만든다는 게 말이 됩니까? 그럼 아이들은요? 아이들이 받을 상처는 생각해 보셨습니까? 두 사람 다 너무 이기적인 것 아닙니까?"

과연 이것이 최선의 선택이었을까?

아무리 생각해도 두 남자를 이해할 수 없었다.

"그것 또한 다 지나갈 겁니다. ……지금이야 마음 아프겠지만 시간이 지나면 아이들도 적응할 것이고, 잘하면 수남이도 돈 걱정 안 하고 치료받을 수 있는 길이 생길 수도 있잖습니까?"

교도소에 수감돼 지정 병원에서 무상 치료를 받는 걸 의미하는 것 같았다.

"그러니까 당신들은 이기적이라는 겁니다. 몸이 편하다고, 좀 더 좋은 환경에서 자란다고 아이들이 행복할까요? 결국 당신들 마음 편하겠다고 아이들한테 씻을 수 없는 상처를 남기겠다는 것 아닙니까?"

"아, 아니. 그게 아니라, 지금 이게 가장 현실적인 방법 아닙니까? 막말로 당신이 우리 수남일 살려 줄 수 있는 것도 아니지 않소?"

"누가 그런 결정을 한다는 겁니까? 내가 아직 포기하지 않았는데?"

"뭐라고요? 그, 그 말씀은 수남이가 살 수 있다는 겁니까?"

"전 의사로서 최선을 다할 것이고, 단 1%의 확률이라 할지라도 절대 포기하지 않을 겁니다. 지금처럼 환자 자신이 포기하지 않는다면 말입니다!"

"저, 정말입니까?"

김무식의 동공이 흔들거리기 시작했다.

"그렇습니다. 게다가 이런 극단적인 방법을 선택하지 않아도 아이들과 방수남 씨가 살 수 있는 길은 얼마든지 있습니다. 왜 스스로 벼랑 끝에 서 있는 겁니까? 이게 정말 아이들을 위한 것이라고 생각하신 겁니까?"

"……저, 저도 어쩔 수 없었습니다. 수남이가 어디서 무슨 소리를 듣고 왔는지 모르겠지만 저보고 자기 뜻대로 해 달라고 하도 부탁을 하기에……."

김무식 이 사람도 지금의 선택이 올바르지 않는다는 것은 알고 있다. 하지만 방법이 없기에, 아니 방법을 찾을 길이 막막하기에 도와줬을 것이리라.

"잘못을 하셨다고 생각하시면 그 잘못을 바로잡으면 됩니다, 김무식 씨가 경찰서에 가셔서 모든 것을 직접 해명하십시오."

"그, 그게……."

난감한 표정의 김무식

"못 하시겠다면 제가 하죠."

난 더 이상 기다려 줄 마음이 없었다.

"아, 아닙니다. 제가, 제가 경찰서로 가서 사실대로 다 말씀드리겠습니다. 그런데 그 전에, 저하고 약속 하나만 해 주십시오."

"뭡니까?"

"우리 수남이 정말 살려 주실 수 있습니까?"

"전 조물주가 아니니 살릴 수 있다, 없다를 결정할 순 없습니다. 다만 약속드릴 수 있는 건, 방수남 씨가 포기하지 않는다면 저 역시 포기하지 않을 겁니다."

"감사합니다! 정말 감사합니다. 제가 생각이 짧았습니다. 바로 경찰서로 달려가 사실대로 말할 테니, 제발 우리 수남이 좀 살려 주십시오, 선생님!"

엉엉엉, 김무식이 내 손을 붙잡으며 뜨거운 눈물을 흘렸다.

그리고 며칠 후.

김무식이 경찰서에서 모든 것을 털어놓은 결과, 방수남은 무혐의 처리를 받을 수 있었다.

흑흑흑, 한없이 뜨거운 눈물을 흘리는 방수남.

"죄송합니다, 선생님, 정말 죄송합니다. 제가 눈이 회까닥 돌아서 미친 짓을 한 것 같습니다."

방수남이 눈이 벌게지도록 울고 또 울었다.

"지금이라도 뉘우치셨다면 된 겁니다. 이제부터는 오로지 방수남 씨의 건강만 생각하십시오. 그게 아이들을 위해 방수남 씨가 할 수 있는 최선의 길입니다."

"저, 저 정말 살 수 있는 겁니까?"

"네. 치료받으시면 충분히 살 수 있습니다."

"아뇨. 그게 아니라, 저 수술을 받고 싶다고 말씀드리는 겁니다. 선생님이라면 설사 수술에 실패해도 좋습니다. 선생님이 저 수술해 주십시오.”

“…….”

“선생님! 제발 부탁드립니다. 어차피 항암 치료를 받는다고 예전으로 되돌아올 순 없는 것 아닙니까? 저, 살고 싶습니다! 우리 수민이랑 수진이 데리고 놀이동산에도 가고 싶고, 그 뭐냐, 패밀리 레스토랑도 가고 싶습니다!”

“쉽지 않은 수술입니다.”

“상관없습니다! 선생님이라면 실패하더라도 원망하지 않겠습니다. 제발 부탁합니다, 선생님!”

방수남이 간절한 눈빛으로 애원, 또 애원했다.

“…….”

나 혼자 단독으로 결정할 수 있는 일이 아니기에 선뜻 답을 주기 어려웠다.

“선생님!!”

너무나도 간절한 그의 눈빛.

난 더 이상 그의 눈빛을 거절할 수 없었다.

전혀 불가능한 것도 아니야.

회귀 전, 난 지금의 방수남의 몸 상태보다 더 심각했던 환자도 살려 낸 경험이 있었다!

그리고 내 곁엔 이기석 교수가 있지 않은가?

살려 낸 확률이 없는 게 아니야.

"일단 이기석 교수님과 상의해 보겠습니다."

"네네, 부탁합니다. 꼭! 부탁합니다. 선생님!"

흑흑흑, 방수남이 뜨거운 눈물을 흘리며 내 손을 부여잡았다.

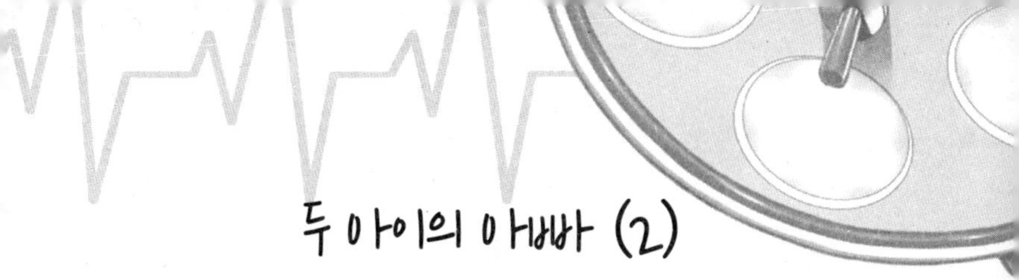

두 아이의 아빠 (2)

이기석 교수 연구실.

"교수님, 김윤찬입니다."

"그래요, 들어와요."

김윤찬이 이기석 교수를 설득하기 위해 그의 연구실을 찾아왔다.

"무슨 일입니까?"

"길게 말씀드리지 않겠습니다. 방수남 환자 수술해 주십시오."

"네? 그게 무슨 뚱딴지같은 소리입니까?"

이기석 교수가 입술을 말아 넣었다.

"방수남 환자 수술해 달라고 말씀드렸습니다."

"수술요? 방수남 환자가 왜 수술을 해야 하죠?"

"……."

확률이 떨어지는 수술.

항암 치료가 외과적인 수술보다 더 효과적이라는 것을 알고 있었기에. 수술을 왜 해야 하냐는 이기석 교수의 질문에 즉각적인 답을 할 순 없었다.

"말씀해 보세요. 방수남 환자가 왜 수술을 해야 하는 겁니까?"

"환자가 수술을 받길 원하고 있습니다."

"환자가 원한다면 뭐든 해야 하는 겁니까?"

이기석 교수가 냉소적인 시선을 흩뿌렸다.

"아니요. 그런 건 아니지만 항암 치료보다는 근본적인 치료를 해야 한다고 생각합니다."

"지금 환자를 상대로 도박을 하겠다는 겁니까?"

"트릭이 없는 도박이라면 한번 모험을 걸어 보는 것도 나쁘지 않다고 생각합니다."

"김윤찬 교수! 지금 제정신입니까?"

"아뇨. 방수남 씨의 케이스, 전 충분히 승산이 있다고 봅니다."

"김 교수, 지금부터 내 말 잘 들어요. 환자는 무단 횡단을 하려는 어린아이와 같다는 걸 잊어서는 안 됩니다. 횡단보도 반대편에 엄마가 보이면 그저 달려가는 어린아이!"

"……."

"그런 어린아이에겐 신호등의 색깔이 뭔지, 지금 차가 오고 있는지 그런 건 중요하지 않아요. 그저 달려가 엄마 품에 안기는 것이 목적일 뿐입니다. 방수남 환자가 수술을 원한다는 건 바로 그런 마음일 겁니다. 절박함은 사람의 이성을 제대로 작동시키지 못하게 만드니까요."

"……."

"그러니까 의사가 있는 겁니다. 파란불일 때 건너야 하고, 좌우를 살펴야 하며, 최종적으로 손을 들고 갈 수 있도록 가이드를 해 주는 게 의사예요. 그런데 지금 김윤찬 교수는 이 어린아이한테 무단 횡단을 하라고 가르치고 있는 것과 똑같습니다."

이기석 교수의 말은 백번 들어도 백번 옳은 말이다. 방수남 환자는 지금 절박하고, 절박하기에 무리수를 두고 있는 거니까.

하지만 이기석 교수가 간과한 것이 하나 있다.

무리수라는 건 방법이 없을 때 쓰는 최후의 수단이 아니던가? 난 방수남을 살릴 수 있다.

따라서 이건 무리수가 아니다.

"방수남 씨는 어린아이가 아닙니다. 자신이 선택한 것에 책임을 져야 할 것이고 그런 책임을 질 만큼 충분한 어른입니다. 환자는 자신의 선택에 책임을 져야 하고 의사 또한 단

1%의 가능성이 있다면 그의 선택을 존중해야 한다고 생각합니다."

"……좋아요. 하지만 김윤찬 선생의 말에는 전제 조건이 필요합니다. 수술을 성공할 자신이 있다는 것! 그 밑바탕에는 그 수술이 성공할 것이라는 근거가 존재해야 할 겁니다. 그 부분을 설득할 수 없다면 이번 수술은 불가합니다."

"제가 교수님을 설득하면 되는 겁니까?"

"제가 충분히 납득할 수 있을 만큼요."

잠시 후.

방수남 환자의 충분한 자료를 확인한 이기석 교수가 나에게 질문 세례를 퍼붓기 시작했다.

"지금부터 왜 이 환자가 수술이 불가능한지 설명드리죠. 방수남 환자의 경우 풀모 시니스터 로우버스 수페리어(왼쪽 상엽) 인근에 브롱키오 스테노이시스(기관지 협착)가 심합니다."

"기관지 협착이 심한 것일 뿐, 기관지까지 먹힌 건 아닙니다. 협착 정도를 정밀하게 확인해 봐야겠지만, 브롱크플라스티(기관지 성형술)로 충분히 잡아 낼 수 있다고 생각합니다."

"상엽 무기폐가 있다는 것도 알고 있을 텐데요?"

상엽 무기폐란 기관지가 막혀 폐포의 공기가 흡수돼 폐가 찌그러지는 현상이었다.

기관지에 암세포가 생겨 그로 인해 상엽 무기폐가 생긴 것이라고 보는 관점이 이기석 교수의 진단이었다.

기관지 전이가 생긴 것.

기관지에 종양이 발생했다면 수술은 거의 불가능한 상황이었다.

"기관지 전이 아닙니다."

"기관지 전이가 아니라고요? 어떻게 그렇게 확신할 수 있죠?"

"기관지 협착과 같은 맥락으로 생각됩니다. 방수남 환자의 경우 폐결핵을 앓았던 경험이 있습니다. 결핵균이 기관지에 침범해 결국 브롱키오 스테노이시스(기관지 협착)가 왔고, 그로 인해 상엽 무기폐가 생긴 것 같습니다."

"만약에 종양이라면?"

"일단 기관지 내시경을 통해 조직검사를 해 보신 후에 결정해도 늦지는 않을 거라고 생각합니다."

"흐음, 림프절 비대와 좌측 주 기관지 하단에 종양성 폐쇄가 보이는 건?"

"반대로 말씀드리자면 주 기관지는 아직 먹히지 않았다는 뜻이 될 수 있겠네요."

"……이 모든 것을 해결하려면 경험이 많이 필요할 텐데요?"

"그래서 교수님께 수술을 해 달라고 하는 것 아닙니까?"

"음, 어떻게 수술을 하겠다는 겁니까? 로벡토미(폐엽 절제술,

폐를 구역으로 나눠 일부만 절제하는 수술) 가지고는 어림도 없을 것 같은데? 그럴 리야 없겠지만 만약 수술을 하게 되면 뉴맥토미(전폐 절제술, 왼쪽 폐 전체를 제거하는 수술)를 해야 할 것이고, 김 교수의 말대로 방수남 환자의 경우 결핵으로 인해 우폐 또한 제대로 작동하기 힘들 텐데, 그게 가능하겠습니까?"

"전폐 절제를 할 필요가 없습니다. 종격동 림프절 절제술과 함께 브롱키오 슬리브 리섹션(기관지 소매 절제술)을 하면 됩니다. 그렇게 되면 일부나마 왼쪽 폐를 살릴 수 있을 겁니다."

기관지 소매 절제술이란?

왼쪽 폐 전체를 절제하여, 폐 기능이 떨어지는 바람에 일반적인 생활이 불가능할 경우, 폐를 살리기 위해 폐를 완전히 절제하지 않고 일부분만 절제하고 절제한 부위를 다른 폐의 구역으로 메워 주는 수술법이었다.

"브롱키오 슬리브 리섹션이라고요?"

당시만 해도 수술 방법이 매우 난해하고 수술 후 심각한 합병증을 초래하기 때문에, 표준치료법이 아닌 전폐 절제술의 대안 정도로 인식되어 왔다.

그러나 지금으로부터 10년만 지나도 낮은 사망률로 인해 표준치료법화되고 있는 수술이었다.

"그 난해한 수술을 하겠다는 겁니까?"

그렇습니다. 회귀 전에 제가 했던 수술이니까요.

"내가 그 수술을 할 수 있을 거라고 생각합니까?"

이기석 교수가 매서운 눈빛으로 날 응시했다.

“네, 교수님의 실력이라면 충분히 해내실 수 있을 거라고 생각합니다.”

“후후후, 날 그렇게 높이 평가해 줘서 고맙긴 한데, 난 솔직히 자신이 없군요. 게다가 기관지 소매 절제술은 표준치료법도 아닙니다. 확률적으로 성공 확률이 높지도 않고 무엇보다 모비디티(morbidity, 사망률)가 높아서 좋은 방법이 될 수 없습니다.”

아니요!

교수님께서는 훗날 이 수술의 신봉자가 되십니다. 많은 논문을 쓰시게 되실 것이고, 기관지 소매 절제술을 폐암 치료의 표준으로 만드시는 분도 바로 당신입니다.

지금 이 순간에도 연구하고 계실 것이고, 그 효과는 그 누구보다 당신이 더 잘 알고 있을 겁니다.

“결코 모비디티가 높지 않은 수술법입니다. 미국에 계실 때도 이 수술에 관한 연구를 많이 하셨지 않습니까??”

“내가요?”

“그렇습니다. 교수님이요!”

“미치겠군. 내가 브롱키오 슬리브 리섹션에 대해서 김 교수한테 말한 적이 있던가요?”

“네. 지난번에 저와 술 마실 때, 거의 두 시간을 강의하셨습니다. 곧 기관지 소매 절제술이 폐암 수술의 스탠더드가 될 거라고요."

이럴 땐 적당히 둘러대는 것이 상책이다.

"내, 내가요? 내가 그런 말을 했단 말입니까?"

이기석 교수가 어처구니없다는 표정을 지으며 손가락으로 자신을 가리켰다.

"네, 그렇지 않으면 제가 어떻게 알겠습니까?"

"후우, 미쳤군. 술을 끊든가 해야겠군요."

이기석 교수가 난감한 듯 이마를 문질거렸다.

"어떻게 하시겠습니까?"

"……."

이기석 교수가 긴 한숨을 내쉴 뿐, 선뜻 답을 주지 않았다.

"교수님! 이번 수술 집도해 주십시오."

"아뇨, 전 할 수 없습니다. 완전하지 않은 수술을 위급한 환자를 대상으로 할 순 없어요."

"교수님이 말씀하시지 않았습니까? 폐암 수술의 표준이 될 수 있을 거라고요!"

"아직 표준은 아니지 않습니까? 그러니까 할 수 없다는 겁니다."

이기석 교수가 단호한 어조로 말했다.

"좋습니다. 그러면 제가 집도할 수 있도록 허락해 주십시오!"

"김윤찬 교수! 지금 환자의 생명을 놓고 모험을 하겠다는 겁니까? 그러다가 잘못되면, 그 뒷감당을 대체 어떻게 하려는 거죠?"

"몇 날 며칠 동안 방수남 환자의 차트를 보면서 연구하고 또 연구한 끝에 내린 결론입니다. 지금 환자에게 최선의 선택은 수술입니다. 항암 치료는 그저 연명의 수단일 뿐입니다. 근치는 불가능합니다."

"근치는 불가능하지만, 충분히 생명을 연장시킬 수 있습니다. 난, 그래서 수술을 할 수 없다는 겁니다."

"아뇨, 그건 방수남 환자 본인이 원하는 방법이 아닙니다. 방수남 환자가 저한테 그러더군요. 수민이, 수진이와 함께 놀이동산에 가고 싶다고요. 전 그 소원을 들어주고 싶습니다. 눈썹에 머리털까지 다 빠진 병든 아빠가 아니라, 건강한 아빠로서 말입니다! 교수님이 집도해 주십시오."

"……그래도 허락할 수 없습니다."

"그러니까 제가 하겠다는 겁니다. 허락해 주십시오."

"그건 더 불가능하겠군요."

"교수님!"

"아무튼, 내 결정은 수술 불가니까, 괜한 생각 하지 말고 환자 혈액종양내과로 트렌스퍼시켜 주세요."

결코 자신의 생각을 바꿀 의사가 없는 이기석 교수였다.

"……."

"뭐 합니까? 나, 곧 수술 들어가야 합니다."

이기석 교수가 자리에서 일어났다.

"다시 한번 생각해 주실 순 없습니까?"

"아뇨. 내가 생각하고 말고 할 문제가 아닙니다. 안 되는 건 안 되는 거니까요. 괜한 짓 하지 마세요. 알겠습니까? 김 교수?"

"……."

"김 교수!!"

내가 대답을 하지 않자 이기석 교수가 목소리 톤을 높였다.

"네에, 알겠습니다."

고함 교수 연구실.

그리고 다음 날, 고함 교수가 자신의 연구실로 날 호출했다.

"너, 요즘 쓸데없는 짓 하고 다닌다면서?"

"네? 그게 무슨 말씀입니까?"

"인마, 네가 무슨 복지부 공무원이야? 왜 쓸데없이 환자 집은 찾아가고 난리야?"

"그건……."

"하여간 네놈도 오지랖이 아주 오지다."

고함 교수가 혀를 내둘렀다.

"죄송합니다."

"누가 너보고 잘못했대? 그냥 오지랖이 넓다고만 한 거지."

"아, 네."

"잘했어! 그 어린것들이 얼마나 마음에 상처를 받았겠나? 의사 중에 너 같은 또라이 하나라도 있어야, 세상 삭막하지 않지. 잘했어, 아주 맘에 들어."

고함 교수가 고개를 끄덕이며 엄지 척을 했다.

"감사합니다."

"그건 그렇고, 너, 이기석 교수한테 헛소리하다가 까였다면서?"

큭큭큭, 고함 교수가 의자를 빙그르 돌려 보며 이죽거렸다.

"네? 아, 네. 들으셨군요."

"그래, 인마. 이기석 교수가 그러던데, 너 따위가 브롱키오 슬리브 리섹션(기관지 소매 절제술)을 한다고 했다면서?"

고함 교수가 코를 후비적거리며 한쪽 입꼬리를 말아 올렸다.

하여간, 빈정거리는 태도는 변함이 없었다.

"네, 그렇습니다."

"이건 뭐. 너, 무모한 거냐? 멍청한 거냐? 아니면 무데뽀냐?"

"충분히 가능한 수술이라고 생각했습니다."

"아닌데? 이건 아닌 것 같은데? 내가 보기엔 미친 짓이야."

"환자가 원하는 수술입니다. 충분히 타당성 검토도 했고, 이기석 교수님의 실력이라면 성공 확률 또한……."

"그래, 해. 이기석 교수가 허락한다고 하더라."

"네? 정말 이기석 교수님이 집도하신다고 하셨습니까?"

"아니, 이 교수가 그걸 왜 해."

"예? 그럼?"

"네가 해. 네가 집도한다고 이 교수한테 땡깡 부렸다면서?"

"네??"

지난밤, 고함 교수 연구실.

"이 교수, 허락해 줘."

"과장님, 지금 뭐라고 하신 겁니까?"

이기석 교수는 놀란 표정을 감출 수 없었다.

"이번 수술 김윤찬이한테 맡겨 보자고."

"아니, 과장님까지 이러시면 어떡합니까? 젊은 혈기에 경거망동하려 하면 타일러야지요. 이건 말이 되질 않습니다."

"타일러? 누굴?"

고함 교수가 모르는 척 시치미를 뗐다.

"누구긴 누굽니까? 김윤찬 교수죠."

이기석 교수가 답답하다는 듯이 목소리 톤을 높였다.

"사람 살리겠다는 의사를 왜 타일러야 하지? 칭찬은 못 해 줄망정."

"과장님, 지금은 그렇게 사사로운 감정에 휘둘리시면 안 됩니다. 이건 누구보다 교수님이 더 잘 아시잖습니까?"

"사사로운 감정이라……. 난 지금까지 단 한 번도 사사로운 감정으로 메스를 손에 쥔 적이 없는 것 같은데? 이번에도 마찬가지고."

고함 교수가 정색하며 표정을 바꿨다.

"아뇨, 김윤찬 교수는 아직 완벽하지 않습니다. 과장님도 이번 수술이 얼마나 힘든 건지 잘 알고 계시잖습니까?"

"그러면 우린 완벽한가? 대학교수가 돼서, 몇 번의 수술을 성공하고 몇 편의 논문을 썼다고 해서 완벽할 수 있다고 자부할 수 있나?"

고함 교수가 흐트러진 자세를 바로 했다.

"아뇨, 그런 건 아니지만……."

"김윤찬 교수는 안 되고 우린 괜찮다는 근거는 어디서 나오는 거지? 김윤찬 교수는 안 되고, 우린 할 수 있다는 자만심은 어디서 나오는 건가?"

"……."

고함 교수가 강한 어조로 눌러 말하자 이기석 교수가 한발 물러서는 것 같았다.

"단지 메스 잡은 지 오래됐다고? 아니면 조금 더 수술을 많이 해 봤다는 게 근거가 될 수 있다고 생각하나?"

"그건 아닙니다, 하지만."

"그럼 됐어! 이번 수술은 김윤찬한테 맡겨."

"아뇨, 전 동의할 수 없습니다. 이건 김윤찬 교수를 위해서라도 안 됩니다. 만약 수술에 실패한다면 김윤찬 교수가 받을 좌절감을 생각해 보셨습니까? 뭐든 항상 때가 중요합니다. 지금은 김윤찬 교수가 메스를 잡을 때가 아니란 말입니다."

"이 모든 것도 김윤찬이가 짊어져야 할 책임이야. 그 정도 각오도 없이 덤빌 정도로 개념 없는 놈이라고 생각하진 않네. 믿고 맡겨 봐."

"아니죠. 수술 결과가 어떻게 나올지 불 보듯 훤한데, 어떻게 이런 위험천만한 결정을 하신 겁니까? 과장님께 실망입니다."

"내가 객기를 부린다고 생각하는 건가?"

"아, 아뇨. 그런 건 아니지만."

"녀석의 눈을 한번 봐 봐. 그게 어디 자신 없는 놈이 쏟아낼 수 있는 눈빛이던가?"

"의욕만 가지고 할 수 있는 건 아니니까요."

"자네 설마 내가 김윤찬이의 의욕만 보고 수술을 허락한 거라고 생각하나?"

"네? 그게 무슨 말씀입니까?"

"이걸 한번 봐 봐."

드르륵, 고함 교수가 서랍을 열고 문서 파일 하나를 꺼냈다.

"이게 뭡니까?"

"뭐긴? 김윤찬이가 제출한 수술 계획서지."

"수술 계획서요?"

"그래. 일단 이걸 한번 보고도 자네가 하지 말라면 그땐 나도 이 교수 말을 따르겠네."

잠시 후, 김윤찬이 작성한 수술 계획서를 살펴보던 이기석 교수의 표정은 점점 굳어져 갔다.

"이걸 진짜 김윤찬 교수가 작성한 거란 말입니까?"

"그래. 난 윤찬이한테 이런 거 가르친 적이 없어. 물론, 자네도 마찬가지겠지만 말이야."

"네, 저도 그런 적은 없습니다."

"거의 완벽하지 않아? 솔직히 이거 보면서 나도 깜짝 놀랐어. 이제 겨우 펠로우 딱지 뗀 녀석이 어떻게 이렇게 정교하게 할 수 있는 거지?"

"그러게 말입니다. 저도 좀 당혹스럽군요."

이기석 교수가 당황한 듯 이마를 문질거렸다.

"언제나 녀석의 눈빛은 한결같았어. 레지던트 시절에 폼페병을 앓고 있던 은지를 살려 낼 때도, 한은정 선생 어머니, 생체 폐 이식수술을 할 때도, 그리고 며칠 전에 이 문서 파일을 들고 왔을 때도 그 눈빛은 똑같았어. 난, 윤찬이가 이번 수술에 성공할 수 있을 거란 감이 있어. 의사로서 감이 어쩌고저쩌고하는 건, 문제가 있다고 해도 좋아. 난, 윤찬이가 해낼 것 같거든."

"흐음, 그래도 너무 위험한 수술입니다."

"이기석 교수! 이번엔 내 생각대로 합시다. 어?"

"……좋습니다. 그러면 조건부로 허락하는 걸로 하죠."

"조건부?"

"제가 퍼스트에 서겠습니다. 그 조건이라면 허락하겠습니다."

"아니, 이번만큼은 윤찬이한테 맡겨 보자고. 처음부터 끝까지!"

"교수님, 그건 너무 무모하십니다."

"무모하지 않아. 이 자료를 보고도 그런 말이 나오나?"

"아무리 그래도 이건 이론적으로 가능한 것 아닙니까? 수술이란 건 언제 어떻게 무슨 돌발 상황이 나올지 모르는 것 아닙니까?"

"그래그래. 그러니까 참관석에서 지켜보자는 것 아닌가? 자네 말대로 만약에 김윤찬이가 감당 못 할 상황이 닥친다면, 그때는 자네나 내가 들어가면 되지 않겠나?"

"……."

여전히 망설이는 이기석 교수였다.

"이 교수! 녀석한테 한번 기회를 줘 보자고. 잘 해낼 거야."

이기석 교수가 장고에 빠지자, 고함 교수가 손을 덥석 움켜쥐었다.

"그러다 환자 잘못되면 어떻게 하시려고요."

"그건 당연히 김윤찬이가 감내해야지. 그 정도 각오도 없이 무턱대고 덤빌 놈이 아니라는 건 자네가 더 잘 알잖아?"

"환자의 생명이 걸린 일입니다."

"그러니까 나하고 자네가 참관을 하자는 것 아닌가? 그럴 리는 없지만 만약의 상황에 대비해서 말이야."

"……."

여전히 마음을 정하지 못하는 이기석 교수였다.

"이 교수!"

"하아, 내가 반대한다고 해도 과장님은 하실 거죠, 이 수술?"

"고럼, 고럼, 그거야 당연하지. 그래도 이왕이면……."

"좋습니다. 만에 하나 조그만 문제가 생기더라도 제가 들어갈 겁니다? 그것 하나만 약속해 주시면 허락하겠습니다."

"당연하지, 그럼세."

"흐음, 네. 알겠습니다. 그럼 그렇게 하도록 하죠."

이기석 교수는 어쩔 수 없이 고함 교수의 제안을 받아들일 수밖에 없었다.

그렇게 난, 천신만고 끝에 방수남의 수술을 집도할 수 있게 되었다.

띠리리리.

방수남 집도 전날, 김 할머니로부터 전화가 왔다.

"네, 어머니."

–목소리가 떨리는 걸 보니, 너 잔뜩 쫄았구나야.

전화를 받자 걸걸한 김 할머니의 목소리가 흘러나왔다.

"아, 아닙니다."

–아니긴? 내가 눈치가 백 단이야. 척하면 척이지. 사내새끼가 그 정도 배포도 없이 무슨 큰일을 하겠니. 간나새끼, 때려치우라.

"지금 와서 때려치울 바에야, 시작하지도 않았습니다."

–아 새끼, 주둥아리는 살아 있구나. 거, 수민이 수진이는

걱정 말라. 내가 알아서 공부시키고 시집 장가 보낼 테니까.

"감사합니다."

–그딴 입에 발린 소린 집어치우고 실력으로 보여 줘라. 그러면 되는 거야.

"네, 최선을 다하겠습니다."

–그깟 최선 가지고 되간? 결과를 가지고 와라. 내 주머니 열기가 얼마나 어려운지 모르는 건 아니겠지? 난 절대로 손해 보는 장사는 안 해. 알간?

"네. 실망시켜 드리지 않도록 반드시 결과를 만들어 내겠습니다."

–고럼, 그래야 내 아들이지. 아무 걱정 말라. 되먹지 못한 놈이었으면 내가 양아들로 삼지도 않아. 넌 잘 해낼 거야. 알간?

"네, 믿어 주셔서 감사합니다."

–착각하지 말라. 난 네놈은 못 믿어.

"네?"

–그냥 네놈 손을 믿는 거야. 의사로서 네놈의 손을! 최선을 다해라. 그리고 반드시 결과를 만들어 내.

"네."

–그래. 방수남이 하고 그 식솔들은 아무 걱정 말라. 어떻게든 내가 먹고살게는 해 줄 테니까. 그 썩은 몸뚱어리 고쳐만 놔.

"네, 알겠습니다."

자신의 양아들의 첫 집도.

너무도 긴장하고 있다는 것을 알기에 조금이나마 긴장을 덜어 주기 위한 김 할머니의 배려였으리라.

밤늦은 저녁, 하늘공원.

2회 차 인생에서의 첫 집도.

회귀 전, 수백 번, 수천 번도 넘게 해 왔던 수술이었지만, 오늘처럼 긴장되긴 처음이었다.

늦은 밤, 잠을 이룰 수 없어 하늘공원으로 나왔다.

"김윤찬 교수님?"

난간에 기대어 멍하니 하늘을 바라보고 있을 즈음, 윤지원 간호사가 양손에 커피를 들고 왔다.

"어? 윤 간호사님, 웬일이세요?"

"음……. 연구실에 불이 켜져 있길래 혹시나 해서 올라왔는데 역시나네요. 커피 하실래요?"

윤지원 간호사가 특유의 해맑은 미소를 지어 보였다.

"네, 감사합니다. 그나저나 윤 간호사님은 퇴근 안 하세요?"

"음, 저도 내일 수술방에 들어가잖아요. 이것저것 체크해 놓을 게 많아서 정리 좀 하느라고요."

"어휴, 오늘도 수술방에 두 번이나 들어가셨잖아요? 피곤

하실 텐데 일찍 들어가서 쉬시지."

"괜찮아요. 이게 제 직업인데요, 뭘."

후릅, 윤지원 간호사가 커피를 한 모금 마셨다.

"그래도……."

"그나저나 교수님이야말로 일찍 들어가 쉬셔야 하는 거 아니세요?"

"그러게요. 교수님한테 큰소리는 쳐 놨는데, 막상 수술이 코앞이니 좀 긴장이 되네요."

내가 아무리 회귀를 했고, 지금의 풋내기 써전이 아니라 할지라도 브롱키오 슬리브 리섹션은 녹록지 않은 수술이었다.

솔직히 성공 확률이 채 50%가 되지 않는다는 것이 내 판단이었다.

지금 이 순간, 회귀 전 수없이 실패했던 수술 장면들이 주마등처럼 스쳐 지나가는 듯했다.

"전 선생님을 믿어요."

"네?"

"믿는다고요. 예전에 우리 아빠 병원에서 화재가 났을 때, 조금의 미련도 없이 수술방으로 들어가셨던 그 열정을 믿어요."

"감사합니다. 하지만 이건 열정만 가지고 되는 일은 아니잖아요. 그 열정도, 실력이 없으면 무용지물이니까."

"아뇨, 실력이 없는 사람에게 어떻게 열정이 생겨요. 내가 살릴 수 있다는 자신이 있었으니까 수술방에 들어가신 거 아니에요? 실력이 없는 사람은 절대로 그런 선택을 할 수 없어요. 열정은 실력이란 거름을 먹고 살아가는 나무 같은 거니까."

윤지원 간호사가 환한 모습으로 날 위로해 줬다.

"저 정말 잘할 수 있을까요?"

"충분히 전 차고 넘친다고 봐요. 그렇지 않았으면 자원해서 교수님 수술방에 들어간다고 하지도 않았어요. 저, 이래 봬도 바쁜 몸이에요?"

"알죠! 윤 간호사님이 흔쾌히 허락해 주셔서 저도 든든합니다. 내일 잘 부탁드려요."

"네! 그러니 아무 걱정 마시고 들어가 쉬세요! 집도의는 전장에 나온 장수처럼 어떤 상황에서든 약한 모습을 보이면 안 되는 거랍니다."

"아, 네."

"고함 교수님 보세요! 어떤 상황에서도 교수님처럼 자신 없는 표정은 짓지 않는답니다. 그런 건 보고 배우세요, 네?"

윤지원 간호사가 잔뜩 긴장한 내 얼굴을 가리켰다.

"하하하, 제 표정이 그런가요?"

"네네. 꼭, 주사 맞기 전에 덜덜 떨고 있는 꼬마 같은 표정이에요. 내일 수술방 들어오실 때, 그런 표정으로 들어오시면 절대 안 되는 거 알죠?"

"네! 알겠습니다."

"전 교수님의 그 열정을 믿어요. 아니 조금도 의심한 적이 없었어요. 내일 잘 해내실 겁니다."

"네, 감사합니다."

윤지원 간호사의 말 한마디에 모든 긴장이 눈 녹듯 녹아버리는 것 같았다.

그리고 다음 날, 마침내 방수남 환자 수술 시간이 다가왔다.

스크럽대.

쏴아!

김윤찬이 발로 레버를 밟자 물이 쏟아지기 시작했다.

"윤찬아, 우리 잘 해낼 수 있겠지? 나 어제 한숨도 못 잤어."

옆에 있던 이택진이 걱정스러운 투로 말했다.

"할 수 있느냐 없느냐가 중요한 게 아니야. 무조건 잘 해내야지."

"그래도 윤찬아, 난 가슴이 튀어나올 것 같다. 이 고난도 수술에 네가 집도의고 내가 퍼스트라니!"

이택진이 상기된 표정으로 몸을 부르르 떨었다.

"어차피 해야 할 일이잖아. 그 순서가 조금 일찍 왔다고 생각해. 우리 최선을 다해 보자."

"그래! 이왕 이렇게 된 거 우리 최선을 다해 보자."

"물론이지. 넌 잘 해낼 거야. 그나저나 이택진! 너 왜 내 납옷 입었냐?"

엑스레이를 보면서 해야 하는 수술. 피폭량을 줄이기 위해서 써전들은 납으로 만들어진 조끼를 입었다. 보통 써전들의 이름표가 새겨진 전용 납옷이 있었다.

"아씨, 그게, 내 옷에서 눅눅한 냄새가 나서 어쩔 수 없었어."

"뭐라고? 그러면 난? 네가 내 거 입으면 난 어떡하라고?"

"넌 이기석 교수님 거 입으면 되잖아. 이 교수님이 보통 깔끔이냐?"

"하여간 너란 놈은 못 말린다, 정말."

"헤헤헤, 말리지 마라. 난 이렇게 살다가 그냥 죽을란다. 야, 김윤찬. 근데 넌 머리에 뭘 쓴 거야? 그거 간호사들이 쓰는 캡 아니냐?"

김윤찬은 의사용 두건 대신 미용실 파마용 캡 같은 위생 캡을 쓰고 있었다.

"수술방 컨타(감염)의 큰 원인 중 하나가 귀지야. 무의식중에 귀지가 환부에 들어가면 굉장히 위험하거든. 그래서 이렇게 귀를 가려 주는 캡이 훨씬 더 안전해. 그러니까 너도 괜히 겉멋 부리지 말고 이거로 바꿔."

"아씨, 난 싫은데?"

"싫고 좋고의 문제가 아냐. 지금 방수남 환자의 면역력은 최악이야. 조그마한 부주의가 큰 문제를 야기할 수 있다는 걸 명심해."

"이택진 교수, 김윤찬 교수 말이 맞습니다."

그 순간, 이기석 교수가 두 사람 앞으로 다가왔다.

"교수님!"

"최근 나온 논문에 따르면 무의식중에 집도의의 귀에서 떨어진 귀지에 의해 감염이 일어난다고 되어 있어요. 항상 간과하기 쉬운 곳에서 문제가 발생합니다."

이기석 교수가 부드러운 목소리로 친절하게 설명해 주었다.

"네, 알겠습니다. 저도 저 파마 모자로 바꿔 쓰고 올게요."

그러자 이택진이 고개를 끄덕이며 흔쾌히 받아들였다.

"김 교수, 오늘 공식적인 첫 집도를 축하합니다."

이택진이 자리를 비우자 이기석 교수가 김윤찬에게 다가갔다.

"네. 감사합니다."

"음, 오늘 김윤찬 교수의 첫 집도를 축하하는 의미에서 내가 선물을 하나 주려고 해요."

"선물이요?"

"네. 미국에서 내가 첫 집도 했을 때 썼던 메스인데, 오늘 이걸 김윤찬 선생한테 주고 싶네요."

"아니, 이 귀한 걸요?"

자신의 물건에 누군가 허락 없이 손대는 것을 끔찍이 싫어하는 이기석 교수였기에, 자신의 물건을 누군가에게 준다는 것은 상상도 못 할 일이었다.

"후후후, 이 메스로 참 많은 사람을 살렸습니다. 저한테는 굉장히 소중한 거예요."

"그런데 이걸 왜 제게……."

"음, 이런 걸 한국에선 뭐라고 부르더라? 미국에선 'A good-luck charm'이라고 부르는데?"

이기석 교수가 고개를 갸웃거렸다.

"아, 네. 부적이요. 한국에선 이런 걸 행운의 부적이라고 부릅니다."

"맞아요. 부적! 그 단어가 생각이 안 났어요. 이 메스가 김윤찬 교수한테 행운을 가져다줄 겁니다."

누구보다 김윤찬을 아끼고 사랑하는 이기석 교수의 따뜻한 마음이 담긴 부적 중의 부적이었으리라.

"감사합니다, 교수님!"

"그래요. 오늘 수술 잘 해낼 거라 믿어요. 난 참관석에서 과장님과 함께 지켜보겠습니다. 그럴 리야 없겠지만 무슨 일이 생기더라도 우리가 있으니까 걱정하지 말고 맘껏 실력을 발휘해 봐요."

"네, 최선을 다하겠습니다."

고함 교수, 이기석 교수와 같은 든든한 편이 김윤찬을 지켜 주고 있었다.

흉부외과 병동 3층, 7번 수술방.

스크럽 및 멸균 소독을 마친 김윤찬과 이택진이 긴장한 채 수술방으로 이동했다.

수술방으로 들어가자 마취과 담당 교수를 비롯한 모든 수술 스태프들이 모여 분주하게 수술 준비를 하고 있었다.

수술상이 차려진 테이블.

크기별로 정갈하게 모여 있는 포셉들.

조직과 혈관을 잡아 주는 클램프 더미.

머리카락보다 얇은 실을 절단하는 가위부터 철사를 자를 수 있을 만큼 강한 절삭력을 자랑하는 가위, 리트렉터(견인기)까지.

마치 전투에 앞둔 병사들처럼 사기충천해 보였다.

윤지원 간호사 역시 하나도 빠짐없이 모든 수술 도구를 정리해 두었다.

"이게 엔도 클립인가요?"

엔도 클립이란 티타늄으로 만든 기구로, 혈관을 집어 지혈시키는 도구였다. 예전엔 혈관이 터진 경우 의사가 직접 실로 꿰매야 했었으나, 이제는 엔도 클립이란 도구를 이용할 수 있었다. 지금만 해도 엔도 클립이 양산화되지 않았기에 꽤 귀한 수술 도구였다.

"네, 그렇습니다, 교수님!"

"네, 좋네요."

그 밖에 엔도 기아(조직을 잡고 자르면서 봉합까지 할 수 있는 도구), 리가슈어(조직 절개 도구) 등 최신 수술 장비가 갖춰져 있었다.

이제 모든 수술 준비는 마친 상황이었다.

"아이고, 우리 흉부외과의 차세대 에이스들 입장이신가?"

모든 수술 도구가 갖춰지자 마취과 왕전문 교수가 반갑게 김윤찬과 이택진을 맞아 주었다.

"네, 교수님. 와 주셔서 감사합니다."

왕전문 교수는 연희병원 마취통증의학과의 최고 베테랑으로, 고함 교수의 간곡한 부탁을 받고 수술팀에 합류했다.

"고맙긴, 역사적인 순간을 지켜보는 것만으로도 영광이지. 그나저나 오늘 얼굴 좋아 보이네?"

왕전문 교수가 김윤찬의 얼굴을 이리저리 살펴봤다.

"네, 최고의 컨디션입니다."

"흐흐흐. 고럼, 고럼. 집도의란 모름지기 이래야지. 여긴 전쟁터와 같은 곳이야. 야전 사령관이 기가 죽어서 쓰나. 너네 과 고함 봐 봐. 그 인간 곧 죽어도 고개 뻣뻣하게 세우고 다니잖나. 아무리 어려운 수술이라도 고개를 떨구는 걸 본

적이 없거든."

"네, 맞습니다. 저도 오늘 절대로 고개를 떨구는 일은 없을 겁니다."

"그래, 패기가 좋네. 암, 그래야지. 그나저나 어이, 이택진이!"

황전문 교수가 턱짓으로 이태진을 가리켰다.

"네? 저요?"

"그래, 인마. 넌 집도의도 아닌데, 똥 마려운 강아지처럼 왜 이렇게 허둥대?"

"아……. 그게, 좀 떨려서요."

이태진이 잔뜩 긴장한 표정으로 답했다.

"어휴, 모지리! 인마, 일단 수술방에 들어오면 어시스트는 집도의 믿고 불도저처럼 밀고 나가야 하는 거야. 환자 목숨 줄은 내가 꽉 쥐고 있을 테니까 힘내! 넌 충분히 잘 해낼 수 있을 거야."

"네, 알겠습니다."

"어깨 펴고!"

"네, 교수님."

얍! 왕전문 교수가 기합을 넣어 주며 이택진의 긴장을 풀어 주었다.

"둘 다 어디 실력 발휘 제대로 해 봐. 내가 어떻게든 환자 생명 줄을 잡고 있을 테니까. 알았나?"

"네!"

"네, 최선을 다하겠습니다."

그렇게 왕전문 교수의 기합 소리와 함께 본격적인 수술이 시작되었다.

잠시 후.

"일단 CT상으론 종격동 쪽과 임파절이 크게 잡히고 있습니다. 만약에 전이가 된 것이 확실하다면 상엽 전체를 절제할 것이고, 전이가 된 것이 아니라면 일부만 절제하고 나머지는 살리도록 하겠습니다. 자, 이제 시작합시다."

김윤찬이 CT 사진을 화면에 띄우며 차분하게 환자의 상태를 설명했다.

같은 시각 참관실.

"이 교수! 저거 임파절이 다 먹힌 거지?"

참관실에서 수술방을 살펴보던 고함 교수가 물었다.

"네, 일단 저 정도 크기면 거의 그렇다고 봐야죠. 일단 임파절은 다 먹힌 것 같습니다."

"젠장, 김윤찬이가 곤혹을 치르겠군. 저거 구역 절제술 가지고는 될 일이 아닌 거 같은데? 상엽 전체를 다 날려야 할 것 같지 않아?"

"네, 제 생각에도 그럴 것 같습니다. 하지만 김윤찬 선생은 좀 생각이 다른 것 같더라고요."

"음, 그러니까 상엽을 살려 보겠다 이거잖나?"

"네, 그렇습니다."

"그러려면 일단 기관지가 먹히지 않았어야 할 텐데 말이야."

"네, 일단 기관지 내시경을 통해 봤을 땐 가까스로 살아남은 것 같더라고요. 하지만, 이것도 직접 확인해 봐야 할 것 같습니다."

"음……. 생각보다 쉽지 않겠는걸."

조금은 걱정스러운 표정의 고함 교수였다.

"좀 더 두고 봐야 할 것 같습니다."

이기석 교수 역시 긴장된 표정이었다.

뚜뚜뚜뚜.

모니터에 나타난 방기남 환자의 활력징후.

혈압은 최고혈압 95에 최저혈압 55, 맥박 70이었다.

산소 포화도가 약간 떨어져 있었으나, 크게 문제 될 상황은 아니었다.

수술 방식은 흉강경 수술.

갈비뼈 몇 개를 잘라 내고 25센티가량 절개하는 개흉 수술에 비해, 1.5센티 정도의 세 개의 구멍을 뚫어 수술하는 흉강경 수술은 훨씬 더 후유증이 덜했다.

"메스!"

"네, 교수님. 여기 있습니다."

가슴에 뚫은 세 개의 구멍 사이로 흉강경 도구들을 집어넣은 수술진. 마치 유전탐사를 위해 유전 탐사 칩을 삽입하는 듯 했다. 이제 모든 수술 준비는 완벽하게 끝이 났다.

"어휴, 이건 뭐 완전 대리석 같은데?"

흉강경 사이로 내시경을 집어넣고 휘저어 보는 이태진.

모니터를 살펴보던 이택진의 미간이 잔뜩 일그러져 있었다.

건강한 폐의 경우 표면이 매끈하며 선홍색을 띠는 반면, 방수남의 폐 표면은 거칠었다. 검은 점박이 강아지, 또는 이택진의 말대로 대리석처럼, 시커먼 점들이 빼곡히 박혀 있었다.

수십 년 동안 담배를 피워 온 결과였으리라.

"상태가 무척 안 좋네?"

"그러게 말이야. 이 정도로 폐가 시커멓게 변할 정도면 담배를 얼마나 피운 걸까?"

"뭐, 삶이 고달팠기 때문이겠지."

"그러게 말이야. 그나저나 윤찬아! 게다가 이거 피브로소락스(흉막 유착)가 너무 심한 거 아냐? 완전히 눌어붙어 버린 것 같은데?"

이택진의 말대로 흉막이 폐 표면에 눌어붙어 있었다.

"맞네, 유착이 좀 심한데?"

"김 교수! 이 정도면 가슴 열어야 하는 거 아니냐? 흉강경으론 불가능할 것 같은데?"

모니터를 살펴보던 이택진이 심각한 표정을 지었다.

"그러네. 생각보다 심각한데?"

"어떡하지? 개흉으로 가야 할 것 같은데?"

"아냐, 개흉으로 가면 환자가 너무 힘들어져. 일단 하는 데까진 해 보자고."

"될까? 벗겨 내기 쉽지 않을 것 같은데?"

이택진이 내시경을 이리저리 휘저어 보면서 미간을 좁혔다.

"하는 데까진 해 봐야지. 윤지원 선생님, 보비(전기 소작기) 주세요."

"네, 교수님."

참관실.

"이 교수! 유착이 너무 심한 거 아냐? 저거 흉강경으로 벗겨 낼 수 있는 거야?"

"글쎄요. 과장님이시라면 어떻게 하실래요? 저라면 개흉할 것 같은데요."

"하아, 나도 확실히 결정을 내리기 힘들 것 같은데 말이야."

고함 교수가 의자를 바짝 당겨 앉으며 고개를 갸웃했다.

"음, 일단 김윤찬 교수는 흉강경으로 하려나 봅니다. 어떻게요? 일단 스톱시킬까요?"

이기석 교수가 손을 들어 수술방을 가리켰다.

"아냐, 놔둬 봐. 어떻게 하나 보게. 아무래도 일단 이게 윤찬이의 첫 번째 시험대가 되겠군."

고함 교수가 조금은 긴장된 표정으로 김윤찬과 그의 수술팀을 지켜보았다.

"전원 들어갑니다."

"네, 컷 포지션으로 잡아 주세요."

"네, 이미 컷 포지션 25로 잡아 뒀습니다."

"오케이!"

윤지원 간호사가 보비 플래이트를 환자의 허벅지에 부착하고는 전원을 켜 에너지값을 조정했고, 컷 버튼을 눌러 25로 맞춘 다음, 김윤찬에게 보비를 넘겨주었다.

지혈할 경우 포지션은 코아규레이션 파란색 버튼이며, 절개를 하는 경우는 컷 노란색 버튼이었다.

지금은 흉막이 폐에 유착되었기에 컷 포지션이 맞았다.

윤지원 간호사가 상황에 맞게 능숙한 솜씨로 집도의 김윤찬을 어시스트했다,

"자, 시작합니다."

폐 벽에 눌어붙어 있는 흉막. 생각보다 유착 정도가 심해 박리하기가 여간 까다로운 것이 아니었다.

게다가 유착된 흉막과 폐 표면 사이에 핏줄들이 세로로 얼기설기 엮여 있어 훨씬 더 까다로웠다.

핏줄을 건드려 출혈이 있을 수 있었고, 폐 표면의 손상을 가져올 수도 있는 만큼, 전문적인 술기가 필요한 난이도 높은 수술이었다.

"윤찬아, 이거 가능하겠냐? 아무래도 무리인 것 같은데?"

이택진이 자신 없는 말투로 물었다.

"아냐, 이 정도면 해 볼 만해."

"못 하겠으면 빨리 못 하겠다고 하는 게 좋아. 카데바쯤으로 생각하면……."

"이택진! 내가 지금 장난하는 걸로 보여? 지금 내 앞에 누워 있는 환자는 카데바가 아니야, 사람이지. 애초에 자신 없었으면 수술방에 들어오지도 않았어."

"어휴, 무셔라. 그러다가 친구 잡아먹겠다?"

"개념 줄 좀 잡아! 넌 지금 내 친구가 아니라 퍼스트 어시스트로 이 방에 들어와 있는 거야. 헛소리 그만하지?"

"그래그래. 뭐, 수술방에선 집도의가 왕이지. 네가 할 수 있다면 하는 거야, 암."

김윤찬의 단호한 어조에 더 이상 말대꾸할 생각이 없는 이택진이었다.

치지지직, 치지지직.

하지만 이택진의 걱정은 기우에 불가했다.

지금 집도의 자리에 서 있는 사람은 풋내기 김윤찬이 아니라 대한민국 최고의 폐 전문의 김윤찬이었으니까.

굉장히 힘든 상황에서도 김윤찬은 긴장하지 않았고 절대로 서두르지 않았다.

김윤찬은 자신의 손을 믿었으며, 모든 신경을 손끝에 집중해 조심스럽게 흉막을 박리하기 시작했다.

"윤찬아 할 만해? 괜찮겠어?"

김윤찬의 진짜 실력을 알 리 없는 이택진은 여전히 불안한가 보다.

"어. 아직까지는 큰 문제 없어. 내시경 잘 잡아, 흔들리니까."

"어, 알았어. 그나저나 꽤 범위가 넓은데? 정말 괜찮겠어?"

"나 지금 집중하고 있으니까 조용히 좀 해 줄래? 모니터나 잘 보이게 조절해 줘. 각이 안 나와서 안 보여! 택진아, 제대로 좀 하자. 부탁할게."

"아, 알았어. 아닥하고 있을게."

이택진이 민망한 듯 고개를 끄덕였다.

고온의 보비(전기 소작기)를 가져다 대자 타들어 가는 흉막. 흉벽과 폐 표면 사이에 얇은 커튼처럼 연결된 흉막이 조금씩 조금씩 타들어 가기 시작했다.

자칫 흉벽과 폐 표면에 손상을 입히거나, 혈관을 건드려 출혈이 생길 수도 있는 상황. 김윤찬의 손가락은 기계처럼 마디마디 정교하게 움직여야 했고, 한 치의 오차도 허락되지 않는 상황이었다.

잠시 후.

흉간 첨부에서 제3늑간까지.

광범위하게 펴져 있는 유착막이 조금씩 태워지며 구멍이 나고 있었다.

수술 참관실.

"저게 되네? 허허허."

김윤찬의 수술 모습을 보고 있던 고함 교수가 감탄사를 연발했다.

"그러게 말이에요."

이기석 교수의 반응 역시 별반 다르지 않았다.

"저거 눌어붙은 흉막을 제거하는 데만도 큰 수술 아냐? 저렇게 타 버린 비닐처럼 유착돼 있는데?"

"그러게 말입니다. 유착 범위도 넓고 폐 표면에 완전히 눌어붙었는데 꽤 잘하네요."

"잘하는 정도가 아니야. 저 새끼는 흉부외과 말고 성형외과를 갔으면 아마 떼돈 벌었을 거야. 무슨 손끝이 저렇게 섬

세해? 아깝다. 강남에 돈 좀 들여서 성형외과 하나 차리면 이 세상 돈은 다 긁어모을 텐데 말이야."

쩝, 고함 교수가 아쉬운 듯 입맛을 다셨다.

"지금이라도 늦지 않았어요. 과장님만 놔주시면 언제든지……."

"떽! 농담을 그렇게 다큐로 받으면 어떡하겠다는 거야? 저 새끼는 내 새끼야. 누구도 못 건드린다고! 팔 한쪽 날려 먹고 싶어서 그래?"

"후후후, 그러니까요. 괜히 맘에 없는 말 하시지 말라는 소립니다."

"그래그래. 저기 봐. 긁어내는 게 환상적이구먼!"

고함 교수가 모니터를 보며 입가에 함박웃음을 지어 보였다.

"그러게 말입니다. 저도 저 정도로 잘할 줄은 몰랐네요."

"맞아. 솔직히 지금까지 당신처럼 정교한 사람은 본 적이 없었는데, 오늘 드디어 이 교수 라이벌이 생긴 것 같군."

"그런가요? 제가 보기엔 저보다 나은데요? 앞으로도 잘 해낼 것 같군요."

"아냐. 섣부른 판단은 아직 일러. 일단 허들 하나는 넘은 것 같긴 한데, 지금부터 본격적인 수술이 시작되는 거니 좀 더 두고 봐야지."

"그렇긴 하죠. 이제 시작에 불과하니까요."

이제 겨우 흉막을 제거한 상황.

두 교수는 여전히 긴장을 늦추지 않은 채, 김윤찬의 손끝에 시선을 고정하고 있었다.

수술실.

"김윤찬, 너 대단하다?"

깔끔한 흉막 제거. 김윤찬이 폐 표면에 눌어붙은 흉막을 말끔히 제거하는 데 성공했다.

"긴장 풀지 마. 아직 시작도 안 했으니까."

"알아, 인마! 누가 긴장 푼다고 했냐? 칭찬도 못 해? 칭찬은 고래도 춤추게 한다는 말도 몰라?"

김윤찬의 꾸지람에 이택진이 볼멘소리를 냈다.

"어, 못 해. 지금 네 칭찬에 춤을 출 상황이 아니라고. 이제부터는 지금보다 몇 배 더 집중해야 할 거야."

"아, 알았다. 인간아."

"내시경 흔들리지 않게 꽉 잡아. 좀 전에 보니까 엄한 데 비추더라? 정신 줄도 꽉 잡고. 지금부터 지옥이니까."

"아, 알았다고. 잘할게."

깨끗하게 흉막 박리에 성공한 김윤찬과 이택진. 하지만 본격적인 수술은 시작도 하지 않았다.

수술은 지금부터가 진짜 시작이었다.

하느님, 제가 할 수 있는 것만 다 할 수 있게 도와주십시오.

더 이상은 바라지 않겠습니다. 제가 가진 실력만 제대로 쓸 수 있도록 허락해 주십시오. 그 이상의 요행은 바라지 않겠습니다!

김윤찬이 깊은 잠에 빠져 있는 방수남 환자를 물끄러미 내려다보고 있었다.

이제 본격적인 폐 수술을 시작할 타이밍. 일단, 임파절의 전이 여부를 살펴볼 필요가 있었다.

만약 임파절 전이가 없다면 좀 더 손쉬운 수술이 될 것이고 광범위한 임파절 전이가 있다면 수술의 방향성을 바꿔야 할 수도 있는 상황이었다.

우리 몸의 장기 중 유일하게 외부와 연결돼 있는 폐. 방수남 환자처럼 폐 표면이 대리석, 검은 점박이처럼 까맣게 돼 버렸다면 그 속 역시 크게 다르지 않을 터.

방수남 환자의 폐 상태는 속을 들여다보기 전까지는 그 누구도 알 수 없는 상황이었다.

"와, 이 정도면 폐 속도 시커멓겠네."

"쓸데없는 소리 하지 말고 집중해. 석션!"

"아, 알았어, 석션!"

치지지직.

이택진이 석션기를 가져다 대자 시야가 거뭇거뭇한 폐가 더욱더 선명해졌다.

"택진아, 저기 림프절 보이지?"

"어, 그래. 색깔이 심상치가 않은데?"

모니터를 주시하던 이택진의 표정이 어두웠다.

물컹하게 덩어리져 비대해진 림프절. 이 림프절을 절제해 조직 검사를 해야만 했다.

"그러게."

"아씨, 전이가 된 거 같은데?"

"일단 검사부터 해 봐야지. 윤지원 선생님, 엔도 클립 주세요."

"네, 교수님. 여기 있습니다."

치지지직.

엔도 클립으로 조직을 잡아 고정하고 보비로 임파절 부위를 태워, 마침내 덩어리진 임파절을 적출하는 데 성공했다.

수술의 방향성을 결정할, 결정적인 요소인 임파절.

아이들이 가지고 노는 슬라임처럼 흐물거리는 거뭇거뭇한 임파절은, 크기를 측정해 보니 대략 5.5센티 정도의 크기였다.

이제 적출된 임파절에 전이가 있는지 없는지 파악하면 되는 상황이었다.

긴장되는 순간이었다.

"정 선생님, 임파절 조직 검사 좀 부탁합니다."

"네, 교수님."

절제된 임파절은 각각의 부위별로 조각내 번호를 부여한 다음, 곧바로 병리실에서 조직 검사를 하도록 되어 있었다.

윤지원 간호사가 핀셋과 나이프를 들고 각 부위를 손톱만 한 크기로 잘라 용기에 담았다.

이제 동결 절편 검사만 남은 상황.

이렇게 각각 나뉜 임파절 조각을 영하 25도씨로 급속 냉동한 다음, 차돌박이 자르듯 얇게 절편으로 만들어 현미경으로 들여다보면, 암세포가 전이된 건지 아닌지 알 수 있었다.

동결 절편 검사 결과가 나오기까지 걸리는 시간은 20여 분.

"전이가 됐을까? 모양으로 봐선 빼박인 거 같은데."

"글쎄, 기다려 보는 수밖에."

"어후, 윤찬아, 살 떨린다. 전이된 거면 우리 빠지고 저분들 들어오셔야 하는 거 아니냐?"

이택진이 턱짓으로 참관실에 있는 두 명의 교수를 가리켰다.

"이택진! 아니 이 교수! 지금부터 내 말 똑바로 들어. 저기 참관실에 앉아 계신 분들은 흉부외과 최고의 써전들이 아니라, 그저 이 수술을 지켜보는 참관인들이야. 이 수술방에서 방수남 환자를 살릴 사람은 너와 나, 두 사람뿐이라고. 그 누구도 이 수술을 도와주지 않는다는 걸 명심해."

"아무리 그래도, 전이가 된 거면……."

"그렇게 자신 없으면 지금 당장 수술방에서 나가. 퍼스트 자리에는 장 선생 세울 테니까."

"아씨, 누가 안 한대? 왜 하필 장 선생을 들먹여. 쪽팔리게."

"장 선생은 최소한 너처럼 어리광을 피우지는 않으니까."

장 선생은 흉부외과 4년 차 레지던트였다.

"알았어, 알았다고. 안 그러면 되잖아."

"그리고 표정 관리 좀 해. 의사가 휘청거리면 저분들은 무너지는 거야. 알아?"

김윤찬이 초조한 표정의 간호사들을 가리켰다.

"알았어! 까짓것, 하는 데까지 한번 해 보자."

그제서야 이택진이 어금니를 악다물었다.

그렇게 김윤찬, 이택진은 초조한 표정으로 병리실의 콜을 기다리고 있었다.

그리고 20분 후.

띠리리리리.

병리과에서 전화가 왔다.

―병리과인데요.

"네. 말씀하세요."

윤지원 간호사가 긴장된 목소리로 전화를 받았다.

–아무래도 방수남 환자분, 노드 메타스타시스 칼시노마(임파절에 전이된 암)인 것 같아요.

"하아, 확실한가요?"

–네, 암 전이가 맞는 것 같아요.

"네에, 알겠습니다. ……김윤찬 교수님, 방수남 환자 노드 메타스타시스 칼시노마입니다."

윤지원 간호사가 김윤찬에게 검사 결과를 통보했다.

"하아, 역시 우려했던 대로 전이가 된 거구나. 어쩐지 느낌이 쎄하더라."

이택진이 땅이 꺼져라 한숨을 내쉬었다.

"예상했던 바야. 이미 종격동하고 임파절은 다 먹혔을 거라고 생각하고 있었어."

"어떡할 거야?"

"해야지, 수술!"

김윤찬이 단호한 어조로 말했다.

참관실.

"결국, 노드(임파절)가 다 먹힌 거지?"

고함 교수의 눈가에 주름이 잔뜩 잡혔다.

"네, 예상했던 대로 노드 메타스타시스 칼시노마가 맞는 것 같군요. 아마 종격동 림프절까지 전부 먹혔을 겁니다. 생각했던 것보다 힘든 싸움이 될 것 같네요."

이기석 교수가 입술을 잘근거렸다.

"그래. 지금부터 진짜 김윤찬의 실력을 확인할 수 있을 것 같군."

"맞습니다. 지금부터가 진짜 싸움이죠."

수술실을 내려다보는 고함 교수와 이기석 교수의 눈빛이 출렁거렸다.

이제는 선택의 여지가 없는 상황이 되어 버렸다. 임파절과 종격동까지 전부 먹혔다면 좌폐 상엽을 완전히 절제하는 수밖에 없는 상황이었다.

"윤찬아, 좌폐 상엽 완전히 날려야 할 것 같은데? 맞냐??"

모니터를 살펴보던 이택진이 눈매를 좁히며 물었다.

"……."

잠시 장고에 빠진 김윤찬.

"김윤찬! 지금 내 말 듣고 있냐고?"

김윤찬이 아무 말이 없자, 이택진은 목소리 톤을 높였다.

"어?"

"야! 지금 무슨 생각을 그렇게 해? 모니터 봐 봐. 상엽 다 먹혔잖아? 저거 암 덩어리만 잘라 내서는 안 돼. 이미 임파절, 종격동 다 먹혔잖아? 상엽 전체를 다 들어내야 한다고!"

이택진의 말은 옳았다.

물론 김윤찬 역시 이택진과 같은 생각이었다.

하지만, 그가 장고에 빠진 이유가 있었다. 림프절과 종격동이 완전히 암세포 덩어리라면 선택의 여지는 없는 상황. 좌폐 상엽(왼쪽 폐를 두 구역으로 나눌 때, 윗부분)을 완전히 제거해야만 하는 상황이었다.

하지만 이게 쉬운 결정은 아니었다.

왜냐하면 방수남 환자의 경우, 과거 폐결핵 병력이 있었기에 우폐 역시 정상적인 상태가 아니었던 것. 바로 이 점 때문에 김윤찬은 망설일 수밖에 없었다,

조금이라도 폐의 일부분을 살리려 했기 때문에.

하지만 임파절 전이가 확인된 상황.

더 이상 선택의 여지가 없었다.

기존에 김윤찬이 계획했던 수술 방향을 바꿔야 하는 상황이었다.

"수술을 상엽 완전 절제로 변경합니다. 지금은 선택의 여지가 없어요!"

장고 끝에 내린 김윤찬의 결정이었다.

"정말? 진짜 할 거야?"

"그래. 지금은 네 말대로 그 방법밖에는 없어. 일단 좌폐 상엽과 하엽을 분리할게!"

"후우, 정말 잘 해낼 수 있겠냐?"

이택진의 이마에 송골송골 땀이 맺혀 있었다.

"해야지. 그것도 잘해야지. 그게 우리가 이 수술방에 들어온 이유니까."

"좋아! 까짓것 죽이 되든 밥이 되든 한번 해 보자. 우리가 언제 평탄했던 날이 있었냐? 이판사판이야!"

"좋아! 그러면 바로 시작할게. 윤지원 선생님……."

"하모닉스카펠(초음파 절삭기)이 필요하시겠죠?"

김윤찬이 요청을 하기도 전에 윤지원 간호사가 수술 도구를 준비해 두었다.

하모닉스카펠이란, 낮은 온도에서도 절삭력이 뛰어나 정상적인 조직의 손상을 최소화할 수 있는 수술 도구였다.

"네, 고마워요."

톡톡톡, 윤지원 간호사가 거즈를 들어 김윤찬의 이마에 맺힌 땀을 닦아 주었다.

참관실.

"지금 윤찬이가 뭐 하려는 거야?"

"아마도…… 좌폐 상하엽을 분리하려고 하는 것 같은데요?"

"아니, 지금 그걸 물어보는 게 아니잖아? 그건 나도 알아. 그러니까 지금 윤찬이가 상엽 절제술을 하려는 거 맞지?"

"네, 그런 것 같습니다."

"결국 그렇게 가야 하는 건가?"

"네, 검사했을 때와는 상태가 완전히 달라요. 결국 지금은 이 방법밖에 없는 것 같습니다."

"잘 해낼 수 있을까?"

걱정스러운 표정의 고함 교수였다.

"네, 잘 해낼 겁니다."

"기존에 수술 계획하고는 완전히 달라졌는데, 괜찮겠냐는 말이지. 경험이 일천한 아이라 계획대로 수술을 진행하지 못하면 어려움이 많을 텐데? 윤찬이의 수술 계획서대로 진행한다는 전제하에 내가 허락했거든."

수술 방향이 180도 바뀐 상황. 이번엔 고함 교수의 얼굴이 굳어져 갔다.

"윤찬 선생의 순발력을 믿어 봐야죠."

"그게 지금 순발력 가지고 된다고 생각하나? 레퍼런스가 없으면 거의 불가능해. 아무래도 내가 들어가 봐야 할 것 같아."

"과장님! 김윤찬 선생은 제가 보증합니다. 잘 해낼 테니, 앉아 계시죠."

조금 전 상황과 180도 바뀐 두 사람. 고함 교수가 자리에서 일어나려 하자 이기석 교수가 그를 눌러 앉혔다.

"정말 잘할 수 있을까?"

"그럼요. 지금 저기 보세요. 너무너무 잘하고 있지 않습니까? 제가 김 교수한테 행운의 부적까지 줬는걸요."

이기석 교수가 입가에 미소를 띠며 수술방을 가리켰다.

"부적? 그건 또 무슨 소리야?"

"후후후, 그런 게 있습니다. 잘 지켜보십시오. 우리 윤찬 교수가 사람을 어떻게 살리는지."

시간이 가면 갈수록 이기석 교수가 확신에 찬 눈빛을 발산했다.

수술방.

"엔도 기아(스테이플러, 혈관을 절개하면서 자동으로 봉합까지 해 주는 의료 기기) 주세요."

"네, 교수님."

좌폐를 상엽과 하엽으로 구분해 잘라 내는 일 또한 쉬운 작업은 결코 아니었다.

두 개의 덩어리로 나뉜 폐.

이제 폐 상엽에 연결된 기관지와 폐동맥을 절제하고 상엽을 들어낸 후, 전이된 종격동 임파절을 긁어내면 수술은 성공적이었다.

"이제 폐 상엽만 제거하면 되는 거지?"

이택진이 조금은 흥분된 목소리로 말했다.

"이택진! 지금 정신 바짝 차리라고 했지? 무턱대고 상엽 잘라 내면 어쩌겠다는 거야?"

"당연한 거 아니냐? 상엽 절제술을 하려면 잘라 내야지."

"그렇게 잘라 내고 나면? 그다음은 어떻게 할 건데??"

"상엽 잘라 내고 상엽으로 가는 기관지를 절제해야지. 뭘 어떻게 해?"

참관실.

"이택진, 저 머저리 같은 놈! 그럼 하엽은 어떻게 하려고? 상엽으로 가는 기관지는 잡아 놓고, 하엽에 공기를 주입해서 부풀어 오르는지 확인해야 할 것 아냐!! 기본 중의 기본을 모르면 어떻게 하겠다는 거야?"

얼굴이 벌게지도록 흥분한 고함 교수.

그 모습을 지켜보던 그가 자리에서 벌떡 일어나 소릴 질렀다.

"……."

"어휴, 답답해! 어드바이스라도 해야 할 것 같아!"

"과장님, 잠시만요. 안 그러셔도 될 것 같은데요?"

고함 교수가 성큼성큼 달려가 마이크를 잡으려 하자, 이기석 교수가 그의 옷소매를 잡아당겼다.

"왜?"

"이미 김윤찬 선생이 잘하고 있으니까요. 저기 보세요."

수술방.

"이택진! 잘 생각해 봐. 이게 최선이야?"

"어? 뭘 더 생각하라는 거지? 뭘 해 보라는 거야?"

"할 수 없군. 내가 하는 거 보고 머릿속에 꼭 집어넣어 둬. 절대로 잊어서는 안 되는 중요한 프로세스니까."

"아, 알았어."

여전히 뭔가 감을 잡지 못하는 이택진이었다.

"윤지원 선생님! 이택진 선생한테 클립(혈관 결찰기) 좀 주세요."

"네, 알겠습니다."

"……?"

"택진 교수님, 공기 주입이요."

윤지원 간호사가 이택진에 클립을 넘겨주며 귓속말로 속삭였다.

"네? 뭐요?"

여전히 감을 잡지 못하고 있는 이택진이었다.

"좌하엽 공기 주……."

"이택진! 좌폐 하엽에 공기가 잘 들어가고 있는지 확인을 해 봐야 할 것 아냐? 공기가 잘 유입되는 걸 확인한 다음에 상엽을 절제하는 게 순서잖아! 수십 번도 더 배우고 봤을 텐데?"

윤지원 간호사가 다시 힌트를 주려 하자 김윤찬이 그녀의 말을 가로막았다.

"아하! 맞다! 왜 내가 그걸 까먹었지?"

그제야 뭔가 떠오르는 것이 있었는지 이택진이 고개를 끄덕였다.

"하아, 너 수술 끝나면 고함 교수님한테 한 따까리 할 각오해라."

"아씨, 너무 긴장했더니 머릿속이 하얘져서 그래. 처음으로 하는 큰 수술인데, 어떻게 그 복잡한 프로세스를 전부 머릿속에 넣어 두겠어? 그게 사람이냐?"

이택진이 볼멘소리를 내며 입술을 내밀었다.

"전부 머리로 기억하고 손으로 만지며 마음으로 느껴야지. 지금 우린 해부학 실습을 하는 게 아니잖아? 처음이라는 말은 아무런 의미가 없어. 그런 말 하려면 수술방에 들어오지 말았어야지! 정신 차려, 이택진! 그러지 않을 거면 당장 나가!"

김윤찬이 손가락으로 수술방 입구를 가리키며 호통을 쳤다.

참관실.

"하하하하, 고로취! 바로 그거지. 잘한다, 내 새끼!"

수술방을 지켜보던 고함 교수가 호탕하게 웃었다.

"거봐요. 김윤찬 교수가 알아서 잘할 거라고 하지 않았습니까?"

"그래그래. 저 새끼가 바로 내 새끼라고! 알아?"

흐뭇한 표정의 고함 교수. 그의 입은 이미 귀에 걸려 있었다.

"네, 맞습니다. 누가 과장님 제자 아니라고 했습니까?"

"그건 그렇고, 이택진이 저놈은 수술 끝나고 나한테 죽었어! 기본 중의 기본도 모르는 무식한 돌탱이 같으니라고."

"과장님, 너무 나무라지 마십시오. 저 정도면 잘하고 있는 겁니다. 이택진 선생을 김윤찬 교수와 같은 선에 놓고 비교하시면 안 돼요. 저러면서 하나씩 배워 나가는 겁니다."

"흠흠흠, 아무리 그래도 그렇지. 저걸 어떻게 까먹을 수가 있어? 내가 귀에 인이 박이도록 가르쳐 줬건만."

우두두둑, 고함 교수가 이택진을 노려보며 손가락 마디를 눌러 소리를 냈다.

수술방.

그렇게 한바탕 소란을 피운 후, 다시 시작된 수술.

얼기설기 엮여 있는 임파절을 제거하고, 종격동 임파절을 긁어냈으며 상엽과 연결된 기관지를 절제하며 순조롭게 진행되던 수술.

이제 썩어 문드러진 암 덩어리를 분리해 흉강경 밖으로 빼내기만 하면 수술은 성공이었다.

바로 그때였다.

팟, 파팟, 파파팟!

이택진이 엔도 클립(혈관을 집는 기구)으로 혈관을 잡고 있던 사이, 사고가 터지고 말았다.

이택진의 서툰 실력이 만들어 낸 참사.

동맥이 터져 버린 것.

꿀렁꿀렁, 순식간에 처진 혈관 사이로 검붉은 피가 솟구쳐 올랐다.

"이, 이걸 어떻게 하지? 유, 윤찬아! 지, 지금 내가 뭘 한 거야? 지금 혈관 건드린 것 같은데??"

덜덜덜, 이택진의 턱이 마구 흔들리기 시작했다.

뚜뚜뚜뚜. 뚜뚜뚜뚜.

"김윤찬 선생! 혈압 떨어져! 지금 뭐 하고 있는 거야? 무슨 짓을 한 거야?"

마취과 왕전문 교수의 목소리가 갈라져 나왔다.

"아무래도 이택진 선생님이 아올타(동맥) 건드린 것 같습니다. 지혈해야 할 것 같은데요?"

장 간호사가 손가락을 들어 조심스럽게 이택진을 가리켰다.

"뭐라고? 이택진 너, 미쳤냐!! 지금 어떻게 하려고 그래? 혈압 바닥 치는 거 안 보여?"

모니터 수치를 가리키는 왕전문 교수.

띠띠띠띠.

지금 이 순간에도 혈압이 하릴없이 떨어지고 있었다.

덜덜덜덜.

반쯤 넋이 나간 채, 몸을 떨고 있는 이택진. 거의 패닉 상태인 그의 몸은 돌덩이처럼 얼어붙어 있었다.

"정신 차려! 이택진!"

그 모습에 김윤찬이 목소리를 높였다.

"어, 어떡해? 나, 나 어떡하지?"

급속하게 떨어지는 혈압. 방수남 환자의 바이탈 사인이 급격히 악화되고 있었다.

절체절명의 순간이었다.

참관실.

"젠장! 이택진 저거, 내가 사고 칠 줄 알았어. 이 교수, 당장 수술방 열어! 내가 들어가야겠어!"

수술 장면을 지켜보던 고함 교수가 입고 있던 가운을 벗어 던지며 자리에서 일어났다.

"들어가시면요? 과장님이 들어가셔서 뭘 할 수 있습니까?"

반면에 냉정함을 잃지 않는 이기석 교수였다. 그가 고함 교수의 팔을 잡아당겼다.

"이 교수! 그걸 말이라고 해? 혈관 터진 거 잡아야 할 것 아냐?"

고함 교수가 어이없다는 듯이 눈을 깜박거렸다.

“과장님이나 제가 지금 들어가면, 저 혈관 잡을 수 있습니까?”

“왜 못 잡아. 내가 들어가면 잡아.”

“아뇨. 환복하고 소독하고 들어가실 시간적 여유가 없어요. 절대적인 시간이 부족합니다. 게다가, 지금 상황에서 우리가 들어간들 할 수 있는 일이 아무것도 없습니다.”

“그러면 앉아서 테이블 데스 나는 거 지켜만 보고 있으라는 건가?”

다급한 표정의 고함 교수가 목소리 톤을 높였다.

“그것 역시, 집도의인 김윤찬 교수의 몫입니다. 전장에선 절대로 장수를 바꾸는 것이 아니라고 했습니다. 진정하십시오.”

“그게 말이 돼? 이러다 정말 난리 난다고!”

“전 김윤찬 교수를 믿습니다. 방법을 찾아낼 겁니다. 그러니 모든 걸 김 교수에게 맡겨 주십시오. 해낼 겁니다, 김 교수!”

이기석 교수가 끝까지 고함 교수의 손목을 잡고 있던 손을 놓지 않았다.

“……젠장! 이택진 멍청한 놈! 수술만 끝나 봐라, 아주 뼈마디마디를 모두 분질러 버릴 테니까.”

털썩, 고함 교수가 이기석 교수의 손에 이끌려 자리에 몸을 내던졌다.

"윤지원 간호사님! 노멀 셀라인 풀 드립이요!!"

다급한 상황, 일단 식염수를 채워 넣어 혈압을 유지할 생각이었다.

"네, 교수님!"

윤지원 간호사를 비롯한 모든 스태프가 분주히 움직이고 있었다.

"이택진! 정신 차려!"

망부석처럼 굳은 채 서 있는 이택진이었다.

"내, 내가 잘못한 거 맞지? 그렇지??"

"아니, 나라도 그랬을 거야. 클립 자체에 결함이 있었어! 넌 잘못한 거 하나도 없어."

"저, 정말이야?"

"그래, 근데 계속 이렇게 정신 나가 있으면 그때부터는 네 잘못이야! 무슨 말인지 알아?"

"어, 어! 알았어."

띠띠띠띠.

"김윤찬! 혈압 안 잡힌다. 어떻게 좀 해 봐!"

모니터를 주시하던 왕 교수의 날카로운 목소리가 터져 나왔다.

"지금부터 정신 똑바로 차려야 해, 어?"

"알았어, 정신 차릴게."

세차게 고개를 흔들어 보는 이택진. 어금니를 악다물었다.

"장 선생님, 지금 피 몇 개나 있습니까?"

"잠시만요……. 지금 10팩 있어요."

"10팩 가지고는 부족합니다. 택진아! 내가 어떻게든 지혈을 해 볼 테니까 피 10개만 더 가져다줘. 할 수 있겠지?"

"알았어! 확인해 보고 바로 가지고 올게."

"그래, 고맙다! 이미 터진 사고니 돌이킬 수는 없어. 지금부터 너랑 나랑 어떻게든 수습해야 해. 알았지?"

"응! 알았어. 어떻게든 피 구해 올게! 미안해! 윤찬아."

"미안하긴! 이건 어쩔 수 없는 사고야. 네 잘못이 아니라고!"

"고맙다. 윤찬아! 빨리 갔다 올게."

잠시 후.

"윤찬아! 피 가지고 왔어!"

이택진이 헐레벌떡 뛰어 들어왔다.

"그래, 수고했다. 피 걸고 전부 때려 넣어!"

"혈관은 잡았어?"

"아니, 어떻게든 지혈을 해 보려고 하는데 잘 안 되네. 흉강경이 너무 좁아서 쉽지가 않아!"

흉강경 사이로 손을 집어넣어 혈관을 잡고 있던 김윤찬의 손이 새빨갛게 물들어 있었다.

"김윤찬 교수! 이거 밑 빠진 독에 물 붓기야. 아무리 수혈해도 빠져나가는 피가 너무 많아. 차라리 개흉해서 혈관 봉합하는 게 낫지 않을까? 이래 가지고는 어림도 없을 것 같은데?"

왕전문 교수가 입술을 잘근거렸다.

"아뇨, 지금 개흉했다가는 익세스브 블리딩(과다 출혈) 옵니다. 환자 못 버텨요!! 바이탈 여전히 바닥입니까?"

"어! 혈압 마구 떨어져! 환자 못 버틸 것 같은데?"

뚜뚜뚜뚜.

방수남 환자의 바이탈이 급전직하하고 있었다.

"하아, 교수님! 얼마나 버틸 수 있겠습니까?"

"오래 못 버텨! 맥시멈 10분! 그것도 최대한 잡아서야."

"……."

"김 교수! 어떻게 좀 해 봐. 지금이라도 가슴 열어서 혈관 잡아! 어레스트 온다고!!"

왕전문 교수가 벌게진 얼굴로 발을 동동 굴렀다.

지금 개흉해선 안 된다. 시간도 없을뿐더러, 출혈을 막아낼 수도 없어. 까딱 잘못하면 방수남 환자는 죽는다!

어떻게 해야 하지? 지금 이 상황을 어떻게…….

바로 그 순간이었다.

“윤찬아! 내가 머저리 같은 생각을 하고 있는지 모르겠는데 말이야.”

“뭐? 무슨 생각?”

“있잖아. 터진 혈관 순간접착제로 메우면 안 될까? 일단 임시방편으로 막아 놓고 나중에 절제하고 봉합하면 되지 않을까?”

“……순간접착제?”

“안 되겠지? 역시 내가 멍청한 거지??”

“이 미친놈아! 지금 장난감 로봇 팔 고치냐? 지금 이 순간에 그런 소릴 지껄인다는 게 말이 돼? 너 제정신이야!”

그 순간, 왕전문 교수가 고래고래 소리를 질렀다.

“자, 잠깐만요! 전혀 가능성이 없는 건 아니에요.”

그러자 김윤찬이 손을 들어 올렸다.

“일단 터진 부위만 메워 놓고 나중에 후처리하면 됩니다. 가능해요! 충분히 가능합니다!”

잠시 생각에 잠긴 김윤찬의 목소리에 생기가 묻어났다.

“이런 젠장! 왜 너까지 이래? 둘 다 미쳤어! 당장 고함 교수 호출해!”

왕전문 교수가 버럭거렸다.

“지금 상황에선 고함 교수님이 아니라 죽은 히포크라테스가 와도 혈관 못 잡습니다. 방법은 이것뿐이에요."

"하아, 이 꼴통 새끼들! 맘대로 하는 건 좋은데, 어떻게든 환자 살려 내!"

"택진아! 너, 당장 지하 문구점으로 내려가서 본드 좀 사 가지고 와, 빨리!"

"너, 정말 하게?"

"그래, 지체할 시간 없어. 빨리 내려가서 사……."

"김 교수님! 제 책상 서랍에 순간접착제 있어요! 그게 더 빠를 겁니다."

그 순간, 윤지원 간호사의 목소리가 끼어들었다.

"정말요?"

"네. 제가 며칠 전에 액자가 부러져서 고치려고 사 놓은 거 있어요. 제가 가지고 올게요."

"좋아요! 최대한 빨리요!"

"네네, 바로 가지고 올게요."

지이이이잉, 윤지원 간호사가 황급히 수술방을 빠져나갔다.

"윤찬아! 정말 가능하겠어?"

이택진이 걱정스러운 표정을 지었다.

"충분히 가능해! 일단 터진 혈관만 잡아 놓으면, 그다음은 뭐든 할 수 있어. 어떻게 그런 생각을 했냐? 이택진 너, 정말 최고다!"

김윤찬이 이택진을 향해 엄지를 추켜올렸다.

"저, 정말?"

"그럼! 네가 방수남 환자 살린 거나 다름없어!"

참관실.

"지금 김윤찬이가 뭐라고 씨불이는 거야?"

초조한 심정으로 수술방을 지켜보고 있던 고함 교수가 오만상을 찌푸렸다.

"후후후."

반면에 이기석 교수는 입가에 미소만 띠울 뿐이었다.

"이 교수, 지금 웃어?? 걔네가 지금 뭘 하겠다는 건지 보고도 웃음이 나와?"

"왜요? 제가 보기엔 이택진 선생이 한 건 한 것 같은데요?"

"뭐라고? 한 건?"

"네, 제가 보기엔 방수남 환자 이제 살았습니다."

"헐, 자네 어떻게 된 거 아니야? 지금 보, 본드 가지고 저러는 거 안 보여? 이게 말이야, 방구야?"

"아뇨, 충분히 가능합니다. 아주 좋은 아이디어인걸요?"

"좋은 아이디어라고?"

고함 교수가 어이없다는 듯이 눈을 깜박거렸다.

"저거 제가 미국에 있을 때도 써 봤던 방법입니다. 생각했던 것보다 효과가 좋습니다. 일단, 접착제로 봉합하고 나중에 절제술을 하면 돼요. 아주 좋은 방법입니다."

"이 사람아! 그러다가 컨타(오염) 오면 어쩌려고??"

"뭐, 그거야 접착제를 환부에 직접 대지만 않으면 되는 거 아닙니까? 바로 위에서 튜브를 눌러 떨어뜨려 주면 됩니다. 게다가 지금 상황에선 후유증을 걱정할 상황은 아니니까요."

"미쳤네, 미쳤어! 고장 난 로봇도 아니고, 진짜 자네가 그렇게 했단 말이야?"

고함 교수가 여전히 믿을 수 없다는 듯이 반복해 물었다.

"네! 김윤찬 교수라면 잘 해낼 겁니다. 그나저나 이택진 교수가 한 건 했으니, 벌보다는 상을 주셔야 할 것 같은데요?"

이기석 교수가 여유로운 표정을 지으며 이택진을 가리켰다.

"맙소사! 이걸 믿어야 해, 말아야 해?"

"제가 직접 해 봤다니까요?"

후후후, 이기석 교수가 신기한 듯 수술방을 응시하며 미소 지었다.

"나 원 참! 이게 무슨 귀신 씻나락 까먹는 소린지 모르겠구먼."

"거 보세요. BP(혈압) 잡히잖아요? 전 이제 그만 봐도 될 것 같네요. 먼저 들어가 보겠습니다."

이기석 교수가 고개를 끄덕이며 자리에서 일어났다.

“계속 안 본다고?”

“네, 나머지는 김윤찬 교수가 알아서 할 것 같네요. 배가 고파서 밥이나 먹으러 가야 할 것 같아요.”

“젠장! 이게 무슨 뚱딴지같은 소린지. 정말 안 봐?”

“네! 전 이만 나가 보겠습니다.”

이기석 교수가 뒤로 돌아선 채 손을 들어 흔들었다.

수술방.

이기석 교수의 말대로 접착제를 사용하는 방법은 주효했다.

손이 닿지 않아 가슴을 열지 않고는 봉합할 방법이 만무했던 상황. 터진 혈관 주위에 접착제를 떨어뜨리니 정말 귀신처럼 봉합에 성공할 수 있었다.

“와! 지금 내가 뭘 본 거냐? 이게 21세기 현대 의학에서 가당키나 하냐?”

그 모습을 지켜보던 왕전문 교수가 혀를 내둘렀다.

“지금 환자 바이탈은 좀 어떻습니까?”

“어? 어. 혈압 대충 잡혀 가. 이제 나머지 수술 마저 해도 될 것 같은데?”

"네, 다행입니다. 택진아! 수고했어."

"어? 내가 뭘?"

"접착제 말이야. 정말 멋진 아이디어였다! 네 덕에 위기 넘겼어."

"에이, 내가 뭘."

이택진이 민망한 듯 고개를 돌렸지만, 슬쩍 올라가는 입꼬리를 보니, 기분이 좋은 모양이다.

"자, 이제 저 시커먼 암 덩어리만 건져 내면 될 것 같아. 끝까지 최선을 다하자."

"그래! 나도 이제 좀 마음의 짐을 덜어 놓을 수 있을 것 같아. 열심히 어시할게!"

"그래."

잠시 후.

클립으로 암 덩어리를 잡고 리가슈어(절제와 봉합을 한 번에 할 수 있는 기구)로 자르자, 잘린 표면은 매끄럽게 봉합되었다.

이제 덩어리져 있는 암 덩어리를 비닐 팩에 담아 흉강경 밖으로 빼내기만 하면 수술은 성공적으로 끝날 수 있었다.

"꽉 잡아! 택진아!"

"어, 알았어."

흉강경으로 뚫린 구멍은 불과 2~3센티 남짓. 그 구멍 사이로 상엽 전체를, 암 덩어리를 꺼내는 일도 결코 쉬운 일은 아니었다.

“택진아! 비닐 팩 더 벌려 줘!”

“알았어.”

핀셋에 집혀 딸려 올라오는 암 덩어리가 시야에 들어왔다.

“와! 이거 완전 시커멓게 생겼네? 이 정도일 줄은 꿈에도 몰랐다, 김 교수야!”

왕전문 교수가 물컹물컹 덩어리진 시커먼 암 덩어리를 가리키며 눈살을 찌푸렸다.

마침내 커다란 암 덩어리가 비닐 팩에 담겨 몸 밖으로 나왔다.

“후우, 윤찬아! 이제 다 끝난 건가?”

“아니, 아직.”

“아직이라니?”

“마지막으로 살펴봐야 할 게 있어.”

김윤찬이 그렇게 말하더니, 흉강경 안으로 자신의 손을 집어넣었다.

“뭐 하는 건데?”

모니터를 살펴보던 이택진이 궁금한 듯 물었다.

“남은 폐 표면을 만져 보면서 최종적으로 점검해 보는 거야. 혹시 모를 암 덩어리가 숨어 있을 수도 있잖아.”

“아, 그래?”

“응! 그러니까 석션이나 잘해. 저기! 오른쪽으로 3센티만

이동해 보자."

김윤찬이 손가락으로 폐 이곳저곳을 만져 보며 모니터를 확인했다.

"아, 알았어."

"캬아! 김 교수! 그런 건 어디서 배웠어?"

그 모습에 왕전문 교수가 만족스러운 미소를 띠었다.

"네? 아, 네. 고함 교수님께 배웠습니다. 외과 의사는 수술할 때 모든 감각기관을 다 활용해야 한다고 말씀하셨거든요."

"하하하, 그래? 역시 그 선생에 그 제자구먼. 아무튼 너, 정말 대단하다, 대단해!"

"네, 감사합니다."

"야! 이택진이!"

왕전문 교수가 이택진을 가리켰다.

"네?"

"너도 잘했어, 인마! 네가 저 환자 살렸다. 정말 잘했어."

"감사합니다, 감사합니다."

흑흑흑, 이택진이 감격에 겨운 듯 눈물을 흘렸다.

"헐! 이 교수님! 환자 앞에 두고 울면 안 되죠! 그러다가 컨타 옵니다. 조심하세요!"

그 순간, 윤지원 간호사가 거즈를 들고 달려와 이택진의 눈물을 닦아 주었다.

"히잉, 네."

"김윤찬 교수님! 오늘 정말 수고 많으셨어요!"

윤지원 간호가 김윤찬의 이마에 흥건한 땀을 닦아 주며 환하게 웃었다.

"네! 윤 선생님도 정말 고생 많이 하셨어요. 선생님이 안 계셨으면 정말 아찔했을 겁니다. 오늘 최고셨어요!"

김윤찬이 윤지원 간호사를 향해 쌍 엄지를 추켜세웠다.

참관실.

하하하하하!

떠나갈 듯한 고함 교수의 웃음소리.

수술이 끝날 때까지 모든 과정을 지켜보고 있던 그가 함박웃음을 지어 보였다.

'새끼! 외과 의사는 모든 감각을 뭐, 어쩌고 저째? 내가 그런 걸 언제 가르쳐 줬냐?'

"저 새끼 진짜 꼴통 중에 상꼴통일세? 에라이, 이 축복받을 놈아!"

하하하하, 고함 교수가 혼잣말을 중얼거리며 발걸음을 문 쪽으로 향했다.

그렇게 김윤찬이 집도하고 이택진이 퍼스트에 선 방수남 환자의 좌폐 상엽 절제술은 우여곡절 끝에 성공적으로 막을 내릴 수 있었다.

그가 다시 돌아오다

병원 인근 청수옥.

이기석 교수와 고함 교수가 방수남 환자 수술 성공을 축하하는 자리를 마련했다.

나를 비롯해 이택진, 윤지원 간호사가 자리를 함께했다.

"야! 이택진이! 너, 아주 죽었다 살아난 줄 알아라. 머리에 똥만 가득 찬 줄 알았는데, 어떻게 그런 생각을 다 했냐?"

술에 거나하게 취한 고함 교수가 게슴츠레한 눈으로 이택진을 노려봤다.

"흠흠흠, 교수님! 원래 제가 위기에 강한 남자 아닙니까? 실력이야 윤찬이가 저보다 쬐~끔 낫지만, 순발력은 저 못 따라오죠!"

"새끼! 터진 입이라고 잘도 나불대네. 그게 무슨 능력이라고 지껄이는 거야?"

"어휴, 이것도 능력이라면 능력이죠. 결국 제가 환자를 살려 내지 않았습니까?"

"개수작 부리고 자빠졌네? 애초에 네 녀석이 혈관 잡아먹지 않았으면 이런 일도 없었을 거 아냐?"

딸꾹, 고함 교수가 딸꾹질을 하며 어눌한 목소리로 이택진을 나무랐다.

"어휴, 그건 제 잘못이 아닙니다."

"뭐라고?"

"어쩔 수 없는 불상사였습니다. 클립이 오작동 한 걸 어떻게 합니까? 저로선 불가항력이었다고요."

"뭐? 불가항력? 이 새끼가 지금 무슨 헛소리를 지껄……."

"네, 맞아요. 이택진 교수가 잘못한 것이 아닙니다. 제가 확인해 본 결과, 엔도 클립에 문제가 생겨서 혈관이 터져 버린 거예요. 이택진 교수의 잘못이 아닙니다."

그 순간, 내가 눈짓을 보내자 이기석 교수가 고함 교수의 말허리를 잘랐다.

"뭐야? 야! 김윤찬이! 지금 이기석 교수가 한 말이 맞아?"

고함 교수가 믿지 못하겠다는 듯이 나를 쳐다봤다.

"네, 교수님의 말씀이 맞습니다. 이택진 교수의 잘못이 아니었어요. 저였어도 어쩔 수 없는 상황이었습니다."

"고래? 아닌데? 내가 분명히 봤는데?"

고개를 갸웃거려 보는 고함 교수였다.

"교수님! 전부 제 불찰이에요. 제가 제대로 확인을 해야 했는데 부주의했어요. 핸들 부분에 결함이 있었던 것 같아요. 다음부터는 철저하게 점검하겠습니다."

이번엔 윤지원 간호사가 나섰다.

"음……. 우리 똑 부러지는 윤 선생이 그렇다면 그거야 믿을 수 있지. 아무튼, 이택진이! 너, 저 두 사람 때문에 구사일생한 줄 알아? 어? 앞으로는 조심……."

딸꾹, 딸꾹.

고함 교수가 몇 번의 딸꾹질을 하더니, 곧 테이블 위에 코를 박고 쓰러졌다.

"아이고, 우리 과장님 과음하셨네. 김 교수! 과장님은 내가 모시고 갈 테니까, 젊은 사람들끼리 한잔 더 하려면 해요."

"아닙니다. 저희도 이제 그만 마셔야죠. 내일 수술 있잖습니까?"

"아, 그런가요? 그래요. 그럼 같이 일어납시다."

"네."

그렇게 우린 모두 자리에서 일어났다.

잠시 후.

그렇게 고함 교수와 윤지원 간호사를 택시에 태워 보내고 나와 이택진만 남았다.

“윤찬아! 고마워.”

“뭐가?”

“그냥, 난 네가 내 친구여서 얼마나 좋은지 모르겠다.”

“야! 술 취했냐? 왜 그래? 닭살 돋게?”

“클립 오작동 아닌 거 다 알아. 내가 손에 쥐고 있었는데 그런 걸 모를 리가 있겠냐?”

이택진이 바지 주머니 속에 양손을 찔러 넣었다.

“……알고 있었던 거야?”

“그럼 당연하지! 윤지원 간호사가 수술 도구 관리를 소홀히 할 사람이냐? 기계는 정상적이었어. 내가 실수한 게 맞아.”

“하아, 그래. 실수가 맞긴 해. 하지만 나라도 그 상황에서는 어쩔 수 없었을 거야. 애초에 우리가 하기엔 벅찬 수술이었으니까.”

“아니, 너라면 달랐겠지. 이런 어처구니없는 실수는 절대 하지 않았을 거야.”

이택진이 고개를 떨구며 힘없이 말했다.

“아니라니까? 그 정도면 아주 훌륭했어. 게다가 막판에 네가 좋은 아이디어를 내서 환자 살릴 수 있었잖아. 그러면 된 거지.”

“개뿔! 무슨 좋은 아이디어? 그냥, 소 뒷걸음치다가 쥐 잡은 격이지.”

툭, 이택진이 바닥에 굴러다니는 돌부리를 걷어찼다.

"이택진! 뭘 그런 걸 가지고 그래? 네가 실수를 했긴 했지만, 뒤처리는 누구보다 냉철하고 훌륭했어! 그러니까 괜히 자책하지 마."

"후후후, 네가 지금 자책하는 걸로 보이냐?"

"그럼 아니야?"

"나, 네가 생각하는 것보다 그렇게 소갈머리 없는 놈 아냐. 나, 오늘 너 보면서 많이 느꼈어. 이제부터 너 따라잡기 위해 노력할 거야. 너보다 두 배 더 노력할 거고, 그게 안 되면 다섯 배, 열 배 더 노력해서 너 반드시 따라잡을 거야. 각오해!"

"오케이! 그 도전 받아 주지. 덤벼!"

"그래, 긴장해라. 조만간 역전해 줄 테니까."

"얼마든지!"

"그래, 열심히 노력할게. 아까 수술방에서 네가 내 실수가 아니라고 할 때, 정신이 번쩍 들더라. 앞으로는 절대 이렇게 안일하게 살아서는 안 되겠다는 생각이 들었어."

"흠, 그럼 된 거지."

"아무튼, 고마워."

"자식! 친구끼리 그런 거 없다."

"그런 의미에서 한잔 더 할까? 내가 술은 내가 너보다 좀 낫다 싶다?"

"웃기고 있네. 좋아! 콜!"

그래, 이택진!

노력해라. 그리고 안 되면 더 노력해. 넌 충분히 해낼 수 있는 녀석이니까.

우리 같이 한번 잘해 보자고!

그렇게 방수남 환자는 수술을 성공적으로 마쳤고, 큰 부작용 없이 회복 속도도 빨라 무사히 퇴원하게 되었다.

"퇴원 축하합니다."

마침내 퇴원. 방수남 환자는 꿈에 그리던 놀이동산을 아이들과 함께 갈 수 있게 되었다.

"감사합니다! 정말 감사합니다! 선생님!"

예전에 비해 많이 좋아진 방수남 환자의 안색이었다.

"아뇨, 환자분이 잘 버텨 주셔서 그런 거죠. 앞으로 절대 담배는 피우시면 안 됩니다."

"아이고, 담배 얘기는 꺼내지도 마십시오, 다시는 입에도 안 댈랍니다."

방수남 환자가 진저리를 치며 손을 내저었다.

"네, 그러셔야죠. 그리고 매뉴얼대로 꾸준히 재활 운동도 하셔야 합니다."

"네. 선생님이 주신 새 생명, 아끼고 또 아껴서 잘 살아 보겠습니다."

"네, 당연히 그러셔야죠."

"아! 그리고 기쁜 소식이 하나 더 있습니다."

"아, 그래요? 무슨 기쁜 소식일까요?"

"수정재단이라는 곳에서 제 치료비는 물론이고 우리 아이들 양육비까지 지원하겠다고 하네요. 아이들 대학 자금까지 말이에요."

"와! 정말요? 축하합니다!"

"어휴, 이게 꿈인지 생시인지 모르겠습니다. 제가 이런 분에 넘치는 복을 받아도 될지 모르겠어요. 지금도 어리둥절합니다."

"당연히 받으셔도 되죠. 우리 수민이 수진이가 너무 착해서 하늘에서 복을 내려 줬나 봐요."

"그런가 봅니다. 하늘에 있는 애 엄마가 보기 안타까웠는지 이렇게 도와주나 봐요."

어느새 방수남의 눈두덩이가 붉게 물들어 있었다.

"아! 맞다. 저도 좋은 소식 하나 알려 드릴 거 있어요!"

"네? 어떤?"

"수민이 엄마 사고요, 아마도 재수사가 진행될 것 같습니다."

"재수사요? 그거 이미 종결된 사건인데요?"

"아뇨! 아직 공소시효도 끝나지 않았는데, 왜 종결을 합니까? 검찰청에 지인이 있어 알아보니, 충분히 재수사가 가능하다고 하더라고요!"

"저, 정말입니까?"

"그럼요. 그런 놈은 지구 끝까지라도 쫓아가서 반드시 잡아야죠. 곧 본격적인 수사가 이뤄질 겁니다. 아마, 조만간 검찰에서 참고인 조사 할 거예요."

"그놈 잡는 게 제 평생소원이었는데……. 정말 감사합니다! 선생님 같은 은인을 만난 것을 보니, 제가 전생에 나라를 구했나 봅니다!"

그렇게 방수남이 내 손을 부여잡고 한동안 흐느꼈다.

시간이 흘러 몇 달 후, 연희병원 1층 로비.

"어이, 김윤찬 선생?"

볼일이 있어 편의점을 가던 중, 등 뒤에서 익숙한 목소리가 들렸다. 순간, 등골에 소름이 좌악 끼치는 느낌이었다.

"어? 교수님?"

아니나 다를까, 그 목소리의 주인공은 목포 분원으로 쫓겨났던 한상훈 교수였다.

"하하하, 표정이 왜 그래? 내가 오면 안 될 곳에 온 건가?

누가 보면 원수라도 만난 줄 알겠어?"

한상훈 교수가 이죽거리며 웃었다.

"아, 아뇨. 그런 게 아니라……."

"목포에 있어야 할 사람이 여기 왜 있냐고?"

"아뇨, 그런 건 아니고요. 본원에 볼일이 있으신 겁니까?"

"그래, 원장님이 상의할 게 있다고 해서 왔네. 이참에 자네 얼굴도 한번 보려고 했는데, 잘됐네."

"아, 네."

"아! 맞다. 김윤찬 선생, 조교수로 임명됐다면서? 소식 들었어."

"네, 그렇습니다."

"아이고, 이젠 교수님이라고 불러야겠구먼."

"아닙니다. 그냥 편하게 대해 주십시오."

"아니지. 명색에 교수 타이틀 달았으면 그만한 대우를 해줘야지. 그나저나 어디 가는 길인가?"

"네, 레지던트 애들 뭐 좀 먹이려고 편의점 가는 중입니다."

"저런! 나 때는 그런 거 어림도 없었는데 말이야."

쯧쯧, 한상훈 교수가 어이없다는 듯이 혀를 찼다.

"뭐, 세상이 많이 바뀌었으니까요."

"그러게 말이야. 요즘 누가 흉부외과 들어오려고 하겠어. 다들 편한 과만 찾지. 하여간 요즘 아랫것들이 상전이야,

상전.”

“뭐, 서로 존중하면서 일하는 거죠. 그나저나 저 이만 가봐야 해서요.”

“그래그래, 욕봐.”

“네, 그럼 이만 가 보겠습니다.”

“그래요. 아! 우리 김윤찬 선생, 아니 교수님! 앞으로 잘 좀 부탁합시다?”

내가 발걸음을 돌리려던 찰나, 한상훈 교수가 등 뒤에 대고 말했다.

젠장, 뭘 잘 부탁한다는 거야?

“아, 네. 그럼 살펴 가십시오.”

잠시 후, 연구실.

편의점에서 간식을 사 와 의국에 넘겨준 후, 연구실로 돌아오니 이택진이 차트를 살펴보고 있었다.

“차트 봐?”

“어. 707호, 심삼수 환자 차트!”

“음, 이거 미트랄 스테노시스(승모판막 협착증) 같은데?”

“맞아. 펄머너리 에드마, 펄머너리 HTN 다 있고, CPV(중심정맥압) 상승에 주글라 베인 디스텐션(경정맥 팽대)에, 리버(간)에 울혈까지 보인다.”

휴우, 이택진이 차트를 보며 한숨을 내쉬었다.

“판막 성형 해야겠네.”

"아마도?"

"누가 하셔?"

"내가 알기론 이기석 교수님이 하실 것 같아. 어제 나보고 퍼스트에 들어오라고 하시더라."

"얼! 이제 이기석 교수님이 너를 많이 신임하시나 보다?"

"아직 모르지, 뭐. 그래도 날 찾아 주시니 기분은 좋더라."

"그래! 넌 잘 해낼 거야. 그나저나, 나 방금 로비에서 한상훈 교수 봤다?"

"흐음, 너도 봤구나?"

한상훈 교수란 말에 별 반응을 보이지 않는 이택진이었다.

"뭐야? 그 반응은?"

"나도 이미 알고 있다고."

"알아? 뭘 안다는 거야? 서울에 볼일 있어서 온 거 아니었어?"

"그래, 그 볼일이 어처구니없어서 그런다."

휴우…….

이택진이 천장을 올려다보며 땅이 꺼져라 한숨을 내쉬었다.

"왜 그래? 무슨 일인데? 잠깐 볼일 있어서 온 거 아니야?"

"인마, 그런 거면 내가 이렇게 땅이 꺼져라 한숨을 내쉬겠냐?"

"그럼 뭔데?"

“한상훈 교수 다음 주부터 본원 발령이란다.”

“뭐라고? 본원 발령? 이게 무슨 개뼈다귀 같은 소리야?”

“낸들 아냐? 그 개뼈다귀 같은 소리가 사실인데.”

“정말 한상훈 교수가 복귀하는 거야?”

“그래, 이미 원장님 승인까지 났다더라.”

“그러면 오늘 원장님 보러 왔다는 게 이것 때문이었어?”

“응, 아마도 그게 맞을 거다.”

“어떻게 이런 일이 있을 수 있는 거야? 고함 과장님도 아셔?”

“아마, 원장님 만나는 자리에 과장님도 함께 참석하실걸.”

“하아, 말도 안 돼! 도대체 어떻게 서울로 올라온 건데?”

“그게 말이야. 하여간 한상훈 교수 이 인간 쎄뻑은 타고났더라. 아주 불사신이야, 불사신!”

이택진의 설명은 이랬다.

목포 분원으로 발령받은 한상훈. 우연히 응급 환자 하나를 살려 냈는데, 그 환자가 때마침 이사장의 손자였던 것.

목포에 놀러 왔다 교통사고가 나 심낭압전으로 목포 분원에 입원했고, 한상훈이 그를 살렸던 모양이었다.

그 공로로 유배 생활을 마치고 상경할 수 있었던 모양이었다.

이택진의 말대로 억세게 운 좋은 인간이었다.

악연이네, 악연!

결국, 이렇게 또 마주하게 되는 건가?

뭐, 새삼스러울 것도 없지 않은가? 한상훈이라면 언젠가는 반드시 서울로 올라왔을 것이다. 단지, 그 시기가 조금 앞당겨진 것뿐이리라.

차라리 다행일지도 모르겠다.

일찍 돌아온 만큼, 더 일찍 좌절하게 될 테니까.

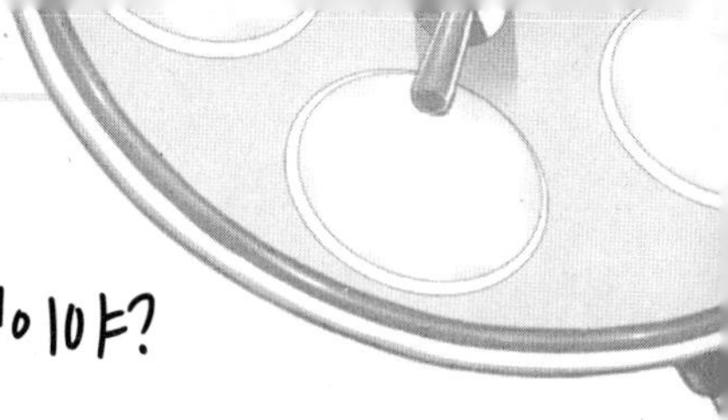

장이야? 멍이야?

고함 과장실.

한상훈 교수의 본원 복귀에 관한 사항을 논의하기 위해 원장실에 모였던 한상훈 교수와 고함 과장.

회의를 마친 후, 고함 과장과 한상훈은 함께 자신의 집무실로 왔다.

"에이, 이 얼룩 좀 봐? 이 소파 비싼 거라서 관리를 잘해야 한다니까요?"

풀썩, 한상훈 교수가 소파에 몸을 내던지고 앉아 소파 표면을 손바닥으로 문질거렸다.

"내가 그런 걸 잘 몰라서."

"소파 가죽 클리너를 따로 팔아요. 스프레이처럼 된 거요.

그걸로 칙칙 뿌린 다음에 부드러운 융으로 문질러 줘야 가죽도 안 상하고 윤택이 납니다. 아이고, 이 좋은 소파가 광택이 다 죽었네."

쯧쯧쯧, 한상훈 교수가 안타까운 듯 혀를 찼다.

"난 그런 거 귀찮아서 못 하니까, 그렇게 아까우면 한 교수 방으로 가져가. 난 그냥 싸구려나 하나 사서 놔둘 테니까."

"에이, 그럴 수가 있나요? 제 방은 비좁아서 이런 거 못 놔요. 아무튼, 제가 조만간 클리너 사다 드릴 테니까, 가끔씩이라도 관리를 해 두세요. 이거 이태리에서 직수입한 명품이에요, 명품!"

"알았어. 그렇게 함세. 아무튼, 한 교수, 본원 복귀를 축하해."

"헤헤, 감사합니다. 저도 이렇게 빨리 복귀할 줄은 꿈에도 몰랐습니다."

"그래, 지난 사정이야 어떻게 됐건, 한 교수만 한 실력을 가진 써전도 없으니, 우리 과를 위해서 열심히 뛰어 주길 바라."

"여부가 있겠습니까? 백의종군하는 심정으로 과장님을 열심히 보필하겠습니다."

"나를 보필할 필요는 없고, 밑에 아이들이나 좀 잘 챙겨 주고, 그리고 가급적……."

고함 과장이 뭔가를 말하려다 말을 거둬들였다.

"흐흐흐, 나대지 말라고요?"

"아니, 꼭 그런 건 아니고, 보는 눈이 많으니까 행동거지에 각별히 주의를 기울이란 뜻이야."

"왜요? 제가 이 자리 다시 뺏을까 봐 걱정이십니까?"

통통, 한상훈 교수가 소파를 가볍게 두드리며 고함 교수를 흘겨봤다.

"이 사람아! 내가 이깟 감투에 욕심 있는 사람으로 보이나?"

"허허허, 과장님, 농담입니다. 농담! 뭘, 그런 걸 가지고 얼굴을 붉히십니까?"

"흠흠, 변한 게 하나도 없어! 어떻게 자네는 예나 지금이나 하나도 변한 게 없나?"

그 모습에 고함 과장이 고개를 내저었다.

"당연히 한결같아야죠. 사람이 어떻게 변합니까? 게다가 사람이 갑자기 변하면 죽는다면서요?"

"……."

하나도 변하지 않은 한상훈 교수. 아니, 변할 마음이 없는 그였다.

"과장님, 그렇게 세상 망한 표정 짓지 마십시오. 제가 어린애도 아니고, 목포로 쫓겨난 지 얼마나 됐다고 나대겠습니까? 저, 그러게 천지 분간 못 하는 바보 아닙니다. 지금부터 조용히 환자나 보면서 쥐 죽은 듯이 지낼 테니까 걱정 마십시오.”

“흠, 그렇게 생각해 준다니 고맙군. 그나저나, 언제부터 출근하는 건가?”

“음, 뭐. 목포에 마무리할 일도 좀 있고, 그리고 이사장님이 며칠간 낚시를 가자고 하시네요? 이사장님이 낚시광이신 건 아시죠?”

“그건 잘 모르겠고, 그래서 언제부터 출근하겠다는 거냐고?”

한상훈 교수가 어부지리로 움켜쥐게 된 이사장이라는 동아줄.

예전과는 다른 양상의 싸움이 벌어질 것 같은 느낌적인 느낌이었다.

“네. 내달부터 출근하려고 하는데, 괜찮겠습니까?”

“그래, 그렇게 해. 일단 행정적인 절차는 내가 알아서 해 둠세.”

“아이고, 성은이 망극하옵니다. 그러면 과장님만 믿고 푹 쉬다 오겠습니다.”

한상훈 교수가 온갖 너스레를 떨며 과장된 제스처를 취했다.

드디어 이렇게, 한상훈 교수가 화려하게(?) 복귀하고 말았다.

흉부외과 병동 1024호, 6인실.

6명의 심장병 환자들이 입원해 있는 일반 병실이었다.

"이 봐! 황 씨! 장기 둘 줄 알아?"

최근에 이 병실에 입원한 한 노인이 옆 침대에 누워 있는 황정필에게 말을 걸었다.

"몰러! 못 둬. 왜 자꾸 귀찮게 구는 겨?"

"아니, 이 양반아! 그 나이 먹도록 장기도 안 둬 봤남? 왜 못 둬?"

귀찮다는데도 자꾸 말을 걸며 채근하는 이 노인. 작달막한 키에 제법 눈매가 날카로운 남자였다.

대략 키는 160센티 안팎, 짙은 눈썹에 입매가 가늘고 다부져 보였다. 그의 이름은 마길상.

그는 심장에 엘바드(LVAD, 좌심실 보조장치)를 삽입한 심부전 환자였다.

"아이고, 시끄러워 죽겠네! 저 인간은 들어온 지 얼마나 됐다고 장기 타령이야? 지금 다 죽어 가는데 한가롭게 장기나 둘 팔자인감?"

반대편에 있던 심 씨 할아버지가 짜증스러운 어투로 쏘아붙였다.

"젠장! 노인정에 다니면서 장기도 안 두고 뭐 했남? 할마씨들 뒤꽁무니만 쫓아댕긴 거 아냐?"

마길상 할아버지가 투덜거리며 맞받아쳤다.

"돌았남? 할망구한테 무슨 봉변을 당하려고 그런 짓을 해?"

"아이고, 좋겄네. 투덜거릴 할망구도 있고! 심 씨는 금쪽 같은 할마씨도 있고 끄리끄리한 아들 내외도 있어서 좋겠어! 부럽다, 부러워."

"젠장, 뭐 저런 개뼈다귀 같은 인간이 다 있어? 이렇게 민폐 끼치려면 특실에나 입원하지? 여길 왜 와서 지랄이야, 지랄이?"

심 씨 할아버지가 참다못해 욕설을 내뱉었다.

"뭐? 지랄? 이 영감탱이가 미쳤나? 너 몇 살이여? 어?"

심 씨 할아버지의 욕설에, 마길상 할아버지가 발끈하며 나섰다.

"왜? 치게? 나도 먹을 만큼 먹었다. 이 영감탱이야!"

"하아, 이 한주먹거리도 안 되는 영감탱이가 어디 입을 함부로 놀려?"

진노한 마길상 할아버지.

"당신 진짜 해도 해도 너무하는구먼. 밤에는 잠 안 자고 노래를 흥얼거리지 않나, 낮에는 사람 귀찮게 장기를 두자고 하질 않나, 이럴 거면 1인실을 가지, 여길 왜 온 겨? 어?"

심 씨 할아버지가 이번에야말로 작정한 듯 폭발했다.

"1인실? 얼어 죽을! 내가 무슨 돈이 있다고 1인실에 들어가? 당신이 입원비 대 줄 거야?"

마길상 할아버지가 목에 심줄을 세우며 대들었다.

"아이고, 내가 병실을 옮기든지 해야지. 저런 꼴통 같은 늙은이를 봤나."

짜증이 밀려왔는지 심 씨 할아버지가 이불을 머리끝까지 끌어 올렸다.

"아! 아! 좀 조용히 합시다! 네? 두 분만 입원해 계신 거 아니잖아요?"

그 모습에 다른 환자와 가족들이 언성을 높였다.

"할아버지! 장기가 그렇게 두고 싶으세요?"

그러자 병실 맨 끝에 누워 있던 한 남자가 자리에서 일어나 마길상 할아버지에게 다가갔다.

파리해진 얼굴, 바짝 마른 체구에 선해 보이는 인상의 남자였다.

30대 초중반 정도로 보이는 이 남자의 이름은 선한구. 마길상 할아버지와 같이 심장에 엘바드를 삽입한 심부전 환자였다.

"오! 장기를 둘 줄 아는감?"

"네. 잘은 못 두지만, 그럭저럭 둘 줄은 압니다."

"그거 잘됐네. 그러면 우리 한 수 할까? 장기판하고 알은 저기 있어."

장기를 둘 줄 안다는 말에 마길상 할아버지의 눈이 반짝거렸다.

"이봐, 한구! 저런 노망난 늙은이랑은 상종을 하면 안 돼. 허구한 날 귀찮게 한다니까?"

그러자 심 씨 할아버지의 목소리가 둘 사이에 끼어들었다. 편하게 이름을 부를 정도로 선한구와는 사이가 좋은 모양이었다.

"할아버지, 그러면 저랑 약속 하나 하세요. 장기는 제가 언제든지 둬 드릴 테니까요."

선한구가 온화한 미소를 지으며 부드럽게 말했다.

"좋아! 무슨 약속인디?"

"밤에 노래 부르시는 거 자제 좀 해 주세요. 여기 어르신들, 전부 심장이 안 좋으신 분들이세요. 가뜩이나 숨이 차서 밤에 잠을 잘 못 주무시는데, 할아버지가 자꾸 노래를 부르시니 더 힘드신 것 같아요."

"음……. 좋아! 그거면 되는 겨?"

"네. 그러면 할아버님 장기 두고 싶을 때 제가 언제든지 같이 놀아 드리겠습니다."

"그랴? 근데, 내가 장기 실력이 보통이 아닌디?"

"저도 어디 가서 못 둔다는 소린 안 듣습니다."

"좋아! 그러면 이렇게 하지. 나랑 장기를 둬서 자네가 이기면 자네 부탁을 들어줌세. 하지만, 자네가 지면 얄짤없는 겨?"

"좋아요. 그렇게 하시죠."

"그려. 그럼 단판으로 승부를 볼까? 아니면 3판 2승으로 할까?"

마길상 할아버지가 승부욕에 눈을 불태웠다.

"그건 할아버지 편한 대로 하시죠. 전 상관없으니까요."

"오케바리! 지금 당장 두자고!"

"여기서는 안 되고요. 하늘공원으로 가시죠. 다른 환자분들, 좀 쉬셔야 합니다."

"빌어먹을! 곧 있으면 다 죽을 늙은이들이 뭔 대수라고!"

쳇, 마길상 할아버지가 콧방귀를 뀌었다.

"자꾸 이러시면, 저 장기 안 둡니다, 어르신!"

"아, 알았어. 지금 가면 되잖여. 가!"

"네. 좀 전에 보니까, 별이 아주 좋더라고요. 같이 올라가시죠."

선한구가 마길상 할아버지 침대 밑에 있는 장기판과 장기알을 집어 들었다.

흉부외과 병동 하늘공원.

그렇게 마길상 할아버지와 선한구가 하늘공원 벤치에 앉아 장기를 두었다.

“어르신, 상(象) 장입니다.”

탁, 선한구가 말을 움직여 장을 불렀다.

“어? 이게 어떻게 된 겨?”

깜짝 놀란 마길상 할아버지가 눈을 크게 떴다.

“어르신, 장이라고요.”

후후, 선한구가 입가에 미소를 띠며 말했다.

“이렇게 피하면…….”

“어르신, 궁(漢)을 틀면 바로 차(車) 장이에요. 외통수입니다.”

“이런 젠장! 이게 어떻게 이렇게 된 거지? 이봐. 한 수만, 한 수만 물러 주면 안 돼? 내가 잠깐 착각을 했나 봐.”

마길상 할아버지가 이마를 긁적거리며 볼멘소리를 냈다.

“후후, 네. 그렇게 하세요.”

“고맙네! 고마워.”

그렇게 한 수 무른 마길상 할아버지.

하지만 잠시 후, 상황은 별반 나아진 게 없었다. 승기를 잡은 선한구는 여유롭게 몰아붙였고, 당황한 마길상 할아버지의 얼굴은 점점 붉어져 갔다.

“어르신, 차 장입니다!”

“앗! 이게 또…….”

“어르신, 사를 올리시면 포 장이 돼요. 이번엔 진짜 지셨습니다.”

"젠장! 젊은 사람이 무슨 장기를 이렇게 잘 둬?"

"제가 장기를 좀 둔다고 했잖아요."

선한구가 빙그레 웃으며 부드러운 어조로 말했다.

수차례 수를 무른 상황. 아무리 무데뽀 마길상 할아버지라도 더 이상은 어찌할 수 없었다.

"졌어!"

탁, 마길상 할아버지가 신경질적으로 장기 돌을 내던졌다.

"헤헤, 그러면 약속대로 밤에 노래는 안 부르시는 겁니다?"

"알았다고! 안 부르면 되잖아? 그나저나, 여기 있던 커피는 누가 다 마셨어? 어? 자네가 다 마신 거야?"

마길상 할아버지가 옆에 놓인 빈 종이컵을 가리키며 투덜거렸다.

"네? 저 안 마셨는데요? 그거 할아버지가 다 드신 거잖아요?"

"아니, 그깟 장기 좀 이겼다고 날 치매로 모는 겨? 나 아직 정신 말짱햐. 내가 언제 마셨다고 그런 소리를 하는 겨?"

마길상 할아버지가 역정을 내며 목소리를 높였다.

"……아, 네. 제가 착각했나 봐요."

선한구가 뭔가 감을 잡은 듯, 잠시 머뭇거렸다.

"그려, 그러니까 자네가 한 잔 찐하게 타 와 봐."

"어르신, 인스턴트커피는 심장에 안 좋습니다. 그러니까 커피는 그만 드시고 물을 좀 드시는 게 어떻겠어요?"

"나 커피 안 마셨다니깐? 그리고 난 평생 자판기 커피에 인이 박여서 하루라도 이걸 안 마시면 못 사는 뱁이여. 타다 주기 싫으면 내가 타다 먹을 겨."

끄응, 마길상 할아버지가 고집을 부리며 자리에서 일어났다.

"아, 아니에요. 제가 타다 드리겠습니다. 그냥 앉아 계세요."

마길상 할아버지가 자리에서 일어나려 하자, 선한구가 손을 내저었다.

"그려? 밀크커피로 타다 줘. 프리마랑 설탕 다 들어간 걸로."

"네."

마길상 할아버지가 모른 척, 자리에 앉아 자판기 커피를 뽑으러 가는 선한구의 뒷모습을 물끄러미 바라보았다.

이렇게 고집불통 마길상 할아버지와 선한구의 인연이 시작되었다.

이기석 교수 연구실.

"1024호 마길상 환자 상태는 좀 어떻습니까?"

며칠 전, 마길상 환자는 흉부 압박과 심한 호흡곤란 증세로 연희병원에 입원했다.

이기석 교수가 차트를 확인하며 물었다.

"에어웨이(Airway)와 브레싱(Breathing) 확인해 보니 문제가 있어, 디피브릴레이션(제세동) 하고 키니딘으로 응급조치했습니다."

"음, 차트 보니까 컨트롤러와 배터리 사이에 커넥션이 문제가 있었던 것 같군요?"

"네, 흔하게 일어나는 케이스입니다."

"네, 잘했습니다. 체스트 컴프레션(흉부 압박)은 안 하셨네요?"

"그렇습니다. 자칫 엘바드가 이탈하거나 탐폰(심낭압전)의 위험이 있어 하지 않았습니다."

"그래요. 잘하셨어요. 체스트 컴프레션은 최후의 수단입니다. 김윤찬 교수의 말대로 엘바드가 떨어져 나가거나 그로 인해 심낭압전이 올 가능성도 있고, 사후 처리도 만만치 않습니다."

"네, 그렇습니다."

"그나저나 차트를 보니까 상태가 많이 좋지 않던데요? 결국, 심장이식 말고는 답이 없는 것 아닙니까?"

"네, 그렇지 않아도 코노스(대한민국장기이식센터)에 등록하고 기다리는 중입니다."

"음……. 결국 그 방법밖에는 없겠죠. 엘바드는 말 그대로 좌심실 보조 장치일 뿐이니까."

좌심실 보조 장치인 엘바드.

좌심실은 온몸을 돌고 온 혈액을 받아 깨끗이 정화해 다시 온몸으로 피를 보내는 곳. 즉, 펌프에 해당하는 곳으로, 가장 역동적이며 활동량이 많은 구간이었다.

이곳이 망가져 제 역할을 하지 못할 경우, 이를 보조해 주는 장치가 엘바드, 좌심실 보조 장치였다.

지금으로부터 대략 7~8년만 지나도 성능이 훨씬 우수한 장치가 개발되지만, 현재 상황에선 초보 수준이라고 할 수 있었다.

결국, 엘바드는 이식할 심장이 나오기 전까지 연명 수단으로 사용할 수밖에 없는 장치였다.

"그렇습니다. 일단은 심장이 나오길 기다리는 수밖에 없습니다."

"음, 그나저나 마길상 환자 혈액형이 이게 맞아요?"

"네, 안타깝게도 그렇습니다."

마길상 환자의 혈액형은 Rh-O형이었다.

일반적으로 우리나라의 경우 Rh-형은 인구 대비 0.1~0.3% 정도밖에 되지 않는 희귀 혈액형이고, 그 와중에도 가장 희귀한 혈액형이 O형이었다.

"이렇게 되면 심장 나올 확률이 희박하지 않나? 내가 알기론 이런 경우 거의 심장을 받기가 어려울 텐데요?"

"네, 그렇습니다."

"그거참 난감하네요. 미국의 경우는 Rh-가 대략 10% 정도 되는데……."

차트를 살펴보는 이기석 교수의 눈 주위 근육이 뭉쳐 있었다.

"그러게 말입니다. 미국에선 흔한 혈액형이 우리나라에선 이토록 희귀한 게 참 아이러니해요."

"그러게 말입니다. 조물주는 무슨 생각으로 인류를 이렇게 만들어 놨는지 모르겠어요."

"……."

"그나저나, 선한구 환자는 좀 어때요?"

이기석 교수가 차트를 넘기며 물었다.

"네, 최근엔 많이 좋아져서 가벼운 산책 정도는 가능한 상태입니다. 워낙 의료진의 지시를 잘 따르는 환자니까요."

"그래요. 한창 일할 나이에 안타깝습니다. 선한구 환자 역시 심장이식 말고는 답이 없는 상태 아닙니까?"

"네, 안타깝지만 그렇습니다."

"흐음, 이럴 때 보면 우리가 과연 할 수 있는 일이 뭔가 싶습니다. 결국, 누군가를 살리기 위해 또 누군가가 죽기를 기다리는 것 같아 마음이 복잡합니다."

흐음, 이기석 교수가 착잡한 심정을 숨기지 않았다.

"……."

이기석 교수의 말에 100% 동감하기에 난 아무 말도 할 수 없었다.

"그건 그렇고, 선한구 환자 집안 형편이 여의치 않다면서요?"

"네, 자세한 건 모르겠지만 그래 보입니다. 조그마한 철물점을 운영하고 있었는데, 엘바드 삽입술에 기타 치료비로 쓰려고 정리했다는 소린 들었습니다."

"저런! 사정이 딱하군요. 이런 경우 우리 병원에서도 몇 가지 의료 지원 시스템이 있는 걸로 알아요. 김윤찬 교수가 한번 알아봐 줘요. 선한구 환자 같은 케이스가 혹시 해당이 되는지."

"네, 그렇게 하겠습니다."

흉부외과 병동 하늘공원.

"오호라! 장이야!"

"어르신, 멍입니다. 그리고 마 장이요!"

"에이, 씨부랄! 무슨 장기를 이렇게 잘 두는감?"

"후후후, 제가 장기는 좀 둔다고 하지 않았습니까?"

잠시 짬이 나, 하늘공원에 올라왔더니 마길상 할아버지와 선한구 씨가 장기를 두고 있었다.

마길상 할아버지가 역정을 내시는 걸 보니, 또 내기 장기에서 진 모양이었다.

"아니, 젊은 사람이 이렇게 장기를 잘 둬? 그리고 노인네한테 한 번 져 주면 손꾸락이 부러지는감? 어떻게 허구한 날 이겨? 어?"

마길상 할아버지가 흰 눈썹을 꿈틀거리곤, 이리저리 몸을 비틀며 궁시렁거렸다.

"어르신! 담배는 안 돼요!"

마길상 할아버지가 양말에 감춰 둔 담배를 꺼내려 하자, 선한구가 목소리 톤을 높였다.

"놔둬. 술도 못 마시게 하는데, 담배라도 피워야 내가 살지."

"어르신! 담배 끊으시면 져 드릴게요. 가슴에 엘바드 달고 담배 태우시는 분은 처음 봬요. 그러다 큰일 나요, 정말!"

홱, 선한구가 마길상 할아버지가 들고 있던 담배를 낚아챘다.

"이리 안 내놔?"

"안 돼요! 진짜 담배는 금물이에요. 어르신! 자꾸 이러시면 저 장기도 안 둬 드릴 겁니다!"

"아주, 장기 좀 두는 게 유세지? 여우 같은 할망구도 없고,

코빼기 내비치는 자식도 없는데, 내가 오래 살아서 뭐 해? 나는 황천길 건널 때까지 하고 싶은 거나 실컷…… ."

"어르신, 그러실 거면 뭐 하러 병원에 오셨습니까? 그냥 지금이라도 퇴원하시죠?"

"뭐여? 김 선상이 여길 어쩐 일이야? 심장 떨어질 뻔했잖여?"

갑자기 나타난 내 모습에, 마길상 할아버지가 가슴을 쓸어 내렸다.

"이렇게 계속 담배 피우실 생각이시면 퇴원하시라고요. 제가 치료를 해 드리면 뭐 합니까? 이런 식으로 몰래 담배 피우시면 도로아미타불인걸요."

"도라아이타불? 캬캬캬! 의사 선생이 그런 말도 할 줄 아는감?"

"어르신이 자주 쓰시는 거 봤습니다."

"큭큭큭, 내가 그랬나?"

"네, 저도 선한구 씨처럼 엘바드 달고 담배 태우시는 분은 처음 봤으니까요. 이렇게 저 몰래 담배 태우시고, 커피 드시고 술 드시면 아마 저승행 KTX 예약입니다. 괜히 저희 병원만 욕먹으니까 이제라도 퇴원하시죠?"

"떽! 그게 의사가 되어 가지고 환자한테 할 소리야?"

"그러면, 심장병 환자가 담배 피우는 건 괜찮고요?"

"흠흠, 그거야 뭐."

마길상 할아버지가 민망한 듯 헛기침을 했다.

"게다가 옆에 계신 선한구 씨도 심장이 안 좋잖아요. 간접 흡연이 얼마나 안 좋은데요?"

"알았어! 알았다고! 니미럴! 안 피우면 될 것 아냐?"

마길상 할아버지가 받아 온 담뱃갑을 구겨 쓰레기통에 던졌다.

"네에, 잘하셨어요. 담배 대신 제가 이걸 드릴 테니까, 입이 심심하시면 드세요!"

"이게 뭔데? 포도여?"

데면데면한 표정으로 볼 때, 내용물이 맘에 안 드시는 모양이었다.

마길상 할아버지가 내가 건네준 플라스틱 통을 열어 보았다.

"아뇨, 블루베리예요. 안토시아닌이 풍부해서 좋은 음식이에요. 심장뿐만 아니라 각종 대사 증후군에도 좋은 거니까 챙겨 드세요. 선한구 씨도 같이 드세요. 여기!"

난, 주머니에서 나머지 한 통을 꺼내 선한구에게 건네주었다.

"네에, 감사합니다. 잘 먹겠습니다."

"흠흠, 알았어. 나도 주는 거니 잘 먹을게."

선한구가 인사하자, 마길상 할아버지가 마지못해 고개를 까딱거렸다.

"그나저나 두 분 장기 두고 계셨나요?"

"그랴. 오늘도 내가 시 판(세 판)이나 졌구먼. 저 인간이 복덩방 죽돌이처럼 을매나 장기를 잘 두는지 몰러. 아주 장기 구신이야, 구신(귀신)!"

마길상 할아버지가 선한구를 흘겨보며 투덜거렸다.

"아, 그래요? 저도 장기는 좀 둘 줄 아는데?"

"김 선상도 장기 좀 둬?"

"네!, 어릴 때 할아버지 두시는 거 어깨너머로 배웠어요."

"그려? 이거 잘 만났구먼. 김 선상! 나랑 장기 한 판 두자고? 시간 괜찮지?"

장기를 둘 줄 안다는 말에 마길상 할아버지가 눈을 반짝거렸다. 시간 없다고 하면 무슨 날벼락이 떨어질지 모르는 눈빛이었다.

"음, 회진 돌려면 한 30분 정도 남았으니까, 한 판 정도는 둘 수 있겠네요. 대신 그냥은 못 두고 내기 장기로 하시죠?"

"내기 장기? 좋아, 뭔 내기를 할까?"

할아버지의 콧구멍이 벌름거리는 걸로 볼 때, 승부욕이 발동한 모양이었다.

"음, 제가 이기면 다신 담배 안 태우시는 걸로요. 그리고 어르신이 이기시면……."

"나 좀 빨리 죽게 해 줄 수 있나? 그 뭐냐, 주사 한 방 놔 주면 바로 갈 수 있는 게 있다던데."

마길상 할아버지가 심각한 표정으로 내 말허리를 잘랐다.

"하아, 어르신! 정말 왜 그러세요, 진짜!"

"아니, 어차피 내 피가 하도 해괴망측한 피라 심장도 안 나온담서?"

자신의 혈액형이 Rh-O형인 것을 말하는 모양이었다.

"심장이 왜 안 나와요? 지금 병원에서도 열심히 알아보고 있으니까 곧 좋은 소식 있을 겁니다!"

"개뿔, 좋은 소식은 무신?"

"어르신, 해괴망측한 피라뇨?"

그러자 선한구의 목소리가 나와 할아버지의 대화에 끼어들었다.

"그런 게 있어! 그 머시기냐? 알……에이 어쩌구 저쩌구라던디?"

"Rh-요?"

"그려그려. 그 알에이 머시가 마이너스 오형이라던가? 그렇다는구먼. 우리나라에서 몇 놈 없다고 하더라고."

"아……. 그러시군요. 저도 할아버님과 똑같은 혈액형이에요. Rh-O형!"

"그려? 아이고, 한구 자네 팔자도 억수로 옴 붙었구먼. 그거 절대로 심장 안 나온다고 하더라고!"

"……."

선한구 역시 이를 잘 알고 있었는지, 힘없이 고개를 떨궜다.

"자 자, 두 분! 이러지 마시고요. 하늘이 무너져도 솟아날 구멍이 있고 호랑이 굴에 잡혀가도 정신만 바짝 차리면 산다는 말도 있잖아요! 저도 열심히 노력할 테니까 여러분들도 절대로 포기하지 마세요!"

"그래요, 어르신! 지성이면 감천이라고 하잖아요. 우리 끝까지 포기하지 말아요!"

"제기럴! 그런 운이 있었으면 이런 몹쓸 병도 안 걸렸지."

"에이, 어르신 그러지 마시고 대국이나 하시죠?"

"흠흠, 그려. 거기 앉아! 뒈질 땐 뒈지더라도 장기는 둬야지."

"네."

"자네가 잡고 싶은 거 잡아."

딸그락, 마길상 할아버지가 케이스에서 장기를 꺼내 바닥에 흐트러뜨렸다.

"그럴까요? 그러면 제가 초를 잡겠습니다."

"그려? 그러면 내가 한을 잡도록 하지. 차나 포 하나 떼 줄까?"

"아, 아뇨. 일단 맞둬 보고 안 되겠다 싶으면 그렇게 하겠습니다."

"흐흐흐, 내가 저 인간한테 지니까 시상(세상)에 동네 호구로 보이는 갑네. 좋아, 두자고!"

"네."

그렇게 시작된 마길상 할아버지와의 대국.

채 20분이 지나기도 전에, 마길상 할아버지가 외통수에 걸려들고 말았다.

"이, 이게 어떻게 된 겨?"

장기판을 내려다보는 마길상 할아버지의 동공이 부풀어 올랐다.

"어르신, 외통입니다. 궁 틀면 바로 마 장 되겠습니다?"

"뭐여, 사기꾼이여? 김 선상은 어디서 장기를 배운 겨?"

당황한 마길상 할아버지의 목이 붉게 물들어 있었다.

"어릴 때 어깨너머로 배웠다고 했잖아요."

"거짓부렁하지 말어. 이게 어디 어깨너머로 배운 실력이여? 어디 학원이라도 다닌 거 아녀?"

"하하하, 아니에요. 진짜라니까요?"

"에이씨! 나 안 해. 요즘 젊은것들은 노인 공경할 줄도 모르는감? 니미럴! 나 갈겨."

마길상 할아버지가 역정을 내며 자리에서 벌떡 일어났다.

"네, 어르신! 엄한 데로 새지 마시고 바로 병실로 들어가세요. 저도 곧 병실로 갈 겁니다."

왜지?

지금 어르신이 나한테 장기를 져 줬어!

분명 보통 고수가 아닌데 말이야.

흉부외과 병동 1024호, 6인실.

"아빠, 이것 좀 먹어 봐. 엄마가 집에서 만들어 온 거야. 아빠가 좋아하는 잣죽!"

선한구의 아들, 선진우가 정성스럽게 포장된 보자기를 풀어 헤쳤다.

"잣죽! 아빠가 잣죽이라면 자다가도 벌떡 일어나지!"

"헤헤헤. 엄마가 가평인가? 거기 가서 직접 사다가 끓인 거야. 나랑 같이 갔다 왔거든."

"그래? 여보, 뭐 하러?"

선한구가 미안한 듯 얼굴을 돌렸다.

"요즘 중국산 잣이 너무 많대. 그래서 직접 가 봤어. 바람도 좀 쐴 겸. 진우도 너무 답답해하고 그래서."

"그래, 잘했어. 우리 진우! 아빠가 같이 축구도 해 줘야 하는데 미안해."

"에이, 뭘! 아빠 다 나으면 그때 하면 되지!"

"그래, 그렇게 하자."

"아빠! 나 이제 감아 차기도 된다? 애들이 그러는데 엄청 휘어진대!"

"정말? 아빠도 보고 싶은걸?"

"걱정 마! 아빠 퇴원하면 보여 줄게. 아마 아빠도 못 막을 걸!"

"이야! 정말 기대되는데? 그런데 진우야! 아빠 엄마랑 할 얘기가 있는데, 잠깐만 밖에 있다 오면 안 될까? 지하에 가면 매점 있는데……."

"알았어, 아빠! 나 저기 병원 앞에서 달리기 좀 하고 올게. 축구 하려면 다리가 튼튼해야 하거든? 체육 선생님이 그러는데, 다리운동은 달리기만 한 게 없대."

"그래, 그러면 너무 심하게 하진 말고."

"알았어. 나, 갔다 올게!"

자신의 엄마, 아빠가 무슨 얘기를 할 건지 이미 눈치챈 녀석. 이미 다 커 버린 아이였다.

잠시 후.

"어제 어머니가 다녀가셨어."

"시골에서?"

"어."

어머니 얘기에 선한구의 아내, 주현진의 얼굴에 그늘이 졌다.

"관절도 안 좋으신 분이 뭐 하러 서울까지 오셔? 당신이 말렸어야지."

"휴우, 그러게. 나도 오시지 말라고 했는데, 이것저것 찬

거리 챙겨 주신다고 끝끝내 올라오신다는 걸 어떡해?"

"……그래, 잘 내려가신 거야?"

어머니라는 말에 선한구가 침통한 표정을 지었다.

"어, 오늘 고속버스 터미널까지 바래다드렸어."

"하여간, 엄마도 참!"

"여보, 근데……."

주현진이 말을 머뭇거렸다.

"왜?"

"이거, 어머니가 주시고 가셨어. 안 받으려고 했는데, 너무 완고하셔서 뿌리치질 못했어."

주현진이 가방에서 봉투 하나를 꺼내 보였다.

"이게 뭔데?"

"후우, 돈이야. 2백만 원."

주현진의 말꼬리가 기어 들어갔다.

"뭐? 당신 정말 미쳤어? 엄마가 무슨 돈이 있다고 이걸 받아?"

선한구가 큰소리를 치다 주변을 둘러보더니 목소리 톤을 죽여 말했다.

"그럼 어쩌라고? 안 받으면 다신 내 얼굴 안 보시겠다는데?"

"아니, 아무리 그래도 그렇지! 이걸 받으면 어떡해?"

"나 솔직히 이거 탐났어, 정말! 우리 형편에 2백만 원이면 얼마나 소중한지 알아? 당신 병원비 때문에 진우 학원도 다 끊고, 그 좋아하는 축구 교실도 못 보내. 나, 어머님께 죄송한 거 다 아닌데, 그래도 욕심나더라. 이런 내가 잘못이야?"

설움이 북받치는지 주현진이 폭발하고 말았다.

"아니……."

비참한 표정의 선한구. 자신의 어머니가 준 돈 봉투를 움켜쥐며 고개를 떨궜다.

"여보! 지금 우리가 이것저것 따질 때가 아니잖아. 돈은 나중에 내가 어머님께 꼭 갚아 드릴게요. 일단, 어떻게든 살아야 하잖아요! 네?"

"아이고, 눈물 콧물 없이는 못 보겠네? 누가 보면 초상난 줄 알겠어?"

그 순간, 마길상 할아버지가 뒷짐을 진 채, 병실 안으로 들어왔다. 그 옆에 선진우와 함께.

"앗, 어, 어르신 오셨어요?"

"어르신, 오셨어요?"

주현진이 빠르게 눈물을 훔쳐 내며 인사를 했다.

이미 친해질 대로 친해진 마길상과 선한구. 선한구의 아내, 주현진도 마길상 할아버지를 알고 있었다.

"아빠, 할아버지가 나 이거 사 주셨어요. 먹어도 괜찮죠?"

선진우가 과자 봉지를 내밀었다.

"그래, 할아버지한테 감사하다고 인사는 드렸니?"

"인사했어! 백 번, 천 번도 더 했어. 우리 진우가 당신 같은 줄 알아?"

마길상 할아버지가 진우의 머리를 쓰다듬었다.

"아, 네."

"그나저나, 그거 뭐여? 잣죽 아녀?"

마길상 할아버지가 뱁새눈을 만들며 턱짓으로 죽 그릇을 가리켰다.

"네, 어르신."

"내 거는? 내 거는 없는 겨?"

"어르신! 어르신 것도 같이 쒀 왔어요. 여기요."

그러자 주현진이 또 다른 플라스틱 통 뚜껑을 열었다.

"그랴? 진짜 내 거여?"

급 화색이 돈는 마길상 할아버지.

여름 장마철 날씨처럼 감정의 기복이 심한 사람이었다.

"그럼요. 우리 진우 아빠도 잘 챙겨 주시고, 우리 진우도 예뻐해 주시는데 제가 보답이라도 해야죠. 게다가, 전 아버지가 일찍 돌아가셔서 어르신 뵐 때마다 아버지 생각이 나요."

"홀홀홀, 그려? 나도 자네가 참 내 딸 같고그려. 비록 딸은 없지만 말이여! 진짜 내가 먹어도 되는 거지?"

마길상 할아버지가 죽 그릇을 보며 군침을 삼켰다.

"네. 어르신, 양껏 드세요. 충분히 쒀 왔으니까요."

"그려, 잘 묵을게. 고마워."

"고맙긴요, 뭘."

비슷한 듯 다른 두 사람의 처지.

두 사람, 마길상 할아버지와 선한구의 가족은 그렇게 동병상련의 정을 느끼며 애틋한 관계를 유지하고 있었다.

모든 사람이 욕을 해도 유일하게 자기편을 들어 주는 선한구. 말은 거칠지만, 이것저것 선한구 가족을 챙겨 주는 마길상 할아버지.

두 사람의 정은 날이 갈수록 깊어져 갔다.

며칠 후 밤, 병실.

후아, 후아.

비지땀을 흘리며 거친 숨을 몰아쉬는 선한구.

때마침 집안일 때문에 아내, 주현진이 자리를 비운 사이였다.

"한구! 왜, 왜 그러는 겨?"

선한구의 몸 상태를 가장 먼저 알아본 사람은 마길상 할아버지였다.

"수, 숨을 못, 못 쉬겠어요."

선한구가 가슴을 쥐어뜯으며 괴로워했다.

"숨을? 자, 잠깐만 기다려! 내가 김 선상 데리고 올 테니까."

후다다닥, 마길상 할아버지가 신발도 신지 않은 채, 병실을 나섰다.

잠시 후, 마길상 할아버지가 김윤찬과 함께 병실로 왔다.

"선한구 씨! 제 말 들리십니까?"

"허억허억!"

여전히 산소결핍 현상을 호소하는 듯, 선한구가 거친 숨을 몰아쉬었다. 창백한 얼굴에 체온은 떨어져 있었다.

타키피니아(빈호흡)!

호흡수가 증가하면서 그 깊이는 얕아진 상태. 즉, 울혈성 심부전의 전형적인 증세였다.

울혈성 심부전의 경우, 주로 야간에 발작성으로 발생하는 경우가 흔했다.

"제 말 들리시면 고개만 까닥거려 보세요!"

그래도 김윤찬의 목소리는 들리는지, 선한구가 고개를 끄덕였다.

"심장 소리 좀 들어 볼게요!"

환자복을 벗겨 청진기를 대 보는 김윤찬.

부글부글하는 수포음이 들리는 악설음에 쌔액, 쌔액 하는 천명음까지.

분명 호흡기 쪽에 문제가 있는 것이 틀림없었다.

"맥박을 좀 확인하겠습니다."

김윤찬이 선한구의 옷소매를 말아 올려 팔목에 손을 가져다 대 보았다.

타키카디아(발작성 빈맥)!

타키카디아, 즉 발작성 빈맥이란 좌심실 기능이 떨어져 이를 보상하기 위해 맥박수가 정상 이상으로 빨라지는 것이다.

비근한 예로 우물에 물이 부족할 때, 펌프질을 반복적으로 여러 번 해야 물이 딸려 오는 것과 같았다.

이 정도 타키카디아라면 좌심실에 심어 놓은 엘바드에 문제가 생긴 것이 틀림없었다.

"허억허억."

여전히 빈호흡에 시달리는 선한구.

"선한구 씨, 제가 목 좀 살펴볼게요."

예상했던 대로 주글라 베인 디스텐션(경정맥 팽대)이었다.

"윤정은 선생님, 선한구 환자 CVP(중심정맥압) 좀 확인해 봐야 할 것 같습니다. 준비해 주세요!"

"네, 선생님."

중심정맥압 측정은 상체에서 심장으로 혈액을 환원시키는 대정맥인 상대정맥의 압력의 압력을 말한다.

측정을 위해서는 폐동맥 도관술이 필요했다.

"교수님, 준비됐습니다."

윤정은 간호사가 폐동맥 도관술을 할 수 있는 의료기구를 카트에 실어 가져왔다.

김윤찬은 환자의 가슴과 목 부위에 베타딘(소독제)을 도포하고 멸균 장갑과 가운을 착용했다. 국소마취제를 사용한 다음, 말단에 풍선이 달린 도관을 서브클라비안 베인(쇄골하정맥)에 삽입해 부풀린 후, 각종 상태를 확인했다.

“다 된 것 같군요.”

“엑스레이 안 찍어 봐도 될까요?”

“예, 괜찮습니다.”

말단에 달린 풍선이 폐동맥까지 정확히 도달해야 정확한 수치를 확인할 수 있는 시술.

풍선이 폐동맥에 안착했는지 엑스레이를 찍어 봐야 했으나, 수백 번도 더 해 봤던 시술이었기에 김윤찬은 감각적으로 도관이 완벽하게 들어간 것을 확인할 수 있었다.

“네, 알겠습니다. 교수님.”

이렇게 폐동맥 도관술을 함으로써 폐 모세혈관의 압력을 측정할 수 있었으며, 모세혈관의 압력을 유추해 심장의 압력을 확인할 수 있었다.

역시나 예상대로 CVP가 엄청나게 상승하고 있었다. 따라서 좌심실에 문제가 생긴 것이 틀림없었다.

“윤 선생님, 혈액 채취해서 산소랑 이산화탄소 농도 좀 체크해 주세요.”

"네, 알겠습니다."

김윤찬이 도관을 통해 뽑아낸 혈액 샘플을 윤 간호사에게 전달했다.

"윤 간호사님, 도부타민(강심제) IV로 잡아 주시고, 라식스(이뇨제) 1 앰풀 투여해 주시죠."

"네, 알겠습니다."

잠시 후.

"하아, 하아."

약물을 투여하니 확실히 선한구의 호흡이 안정적으로 변하기 시작했다.

다행히 인튜베이션을 할 정도로 엘바드의 펌핑 기능이 완전히 떨어진 것은 아니었다. 그 말은 펄머너리 에드마(폐부종)까지 가는 최악의 상황은 아니라는 뜻.

"선한구 씨, 괜찮습니까?"

"하아, 네에."

이제야 창백했던 얼굴에 핏기가 돌았고, 피가 돌자 조금씩 정상 체온을 되찾기 시작했다.

"언제부터 이런 증세가 있었나요?"

"하악, 하악. 저녁을 먹은 후로 체한 것처럼 가슴이 답답해지더니, 몇 시간 전부터 숨이 잘 쉬어지지 않았어요."

이제는 조금씩 숨쉬기가 편해졌는지, 선한구가 낮은 목소리로 답했다.

"오늘 소변 보신 거 확인 좀 할 수 있을까요?"

"아, 네. 저기요."

선한구가 침대 옆 테이블 위에 놓인 비커를 가리켰다.

한눈에 봐도 절대적인 소변량이 부족해 보였다.

성인 남성의 하루 정상 소변량은 1,500밀리리터.

하지만 선한구의 소변량은 겨우 300밀리리터를 넘어가는 수준이었다.

전형적인 올리규리아(핍뇨)였다.

이 또한 심부전에 의해 생긴 증세로, 선한구의 심장 상태가 급속도로 악화되고 있음을 간접적으로 보여 주는 것이었다.

즉, 최대한 빨리 심장이식을 받지 못하면 안 되는 절체절명의 상황이었다.

"김 선상, 우리 한구는 어떻게 된 겨?"

아까보다는 조금 호전되어 보이는 선한구의 상태.

그러자 걱정스러운 표정으로 김윤찬의 치료를 지켜보고 있던 마길상이 조심스럽게 물었다.

"응급조치는 해 뒀으니까 괜찮으실 겁니다."

"정말 괜찮은 거지? 응?"

마치 자기 아들의 안위를 걱정하듯, 마길상 할아버지가 되물었다.

"네, 다행히도 급한 불은 끈 것 같습니다."

"그러면 난 뭘 해야 하는 겨?"

그 순간, 김윤찬의 눈에 마길상 할아버지의 상처 난 맨발이 눈에 들어왔다.

"오늘은 제가 대기하고 있을 테니 걱정 마시고요. 그보다 어르신, 발 치료를 받으셔야 할 것 같네요."

"발?"

그제야 마길상 할아버지가 피가 새어 나오는 자신의 발을 확인했다.

"이런 건 암시랑도 안 혀! 괜찮여!"

"괜찮긴요! 심장병 환자는 사소한 상처도 소홀히 하면 큰일 나요. 윤 선생님! 마길상 환자 발 좀 치료해 주세요."

"네. 할아버지, 소독해 드릴 테니까 저랑 같이 가세요."

"아, 알았어! 그나저나, 한구는 정말 괜찮은 거지?"

마길상 할아버지가 윤 간호사의 팔을 뿌리치며 반복해 물었다.

"네에, 괜찮아요. 걱정 마시고 치료받으세요."

김윤찬이 마길상 할아버지를 다독였다.

그러던 어느 날.

그렇게 위기를 넘긴 선한구에게 뜻밖의 소식이 들려왔다.

흉부외과 병동 1024호 병실 복도.

"서, 선생님! 지, 지금 뭐라고 하셨어요?"

주현진의 목소리가 마구 흔들렸다.

"선한구 씨 심장이 나왔다고요!"

"지, 진짜예요?"

풀썩, 다리에 힘이 풀렸는지 주현진이 주저앉고 말았다.

"괜찮으세요?"

"네? 네에. 괘, 괜찮아요. 지금 우리 진우 아빠 심장이 나왔다는 거 맞죠?"

3년 넘게 기다렸던 선한구의 심장.

최근 교통사고로 뇌사 판정을 받은 환자의 가족들이 최종적으로 장기 기증을 결정했다.

"네, 맞아요. 이제 심장이식수술만 받으면 선한구 씨, 건강해질 수 있을 겁니다."

"흑흑흑!"

양손으로 얼굴을 부여잡으며 흐느끼는 주현진.

"진정하세요. 오늘같이 좋은 날 이렇게 우시면 어떡해요?"

김윤찬이 주현진을 일으켜 세우며 토닥거려 주었다.

"선생님! 믿을 수가 없어서요! 저, 정말 심장이 나온 거 맞죠?"

"네, 맞아요. 하늘이 내려 주신 축복인 것 같아요. 공여자의 신체 조건도 선한구 씨와 비슷하고 혈액형도 똑같아요. 기적도 이런 기적이 없습니다, 어머님!"

"흑흑흑, 믿어지지가 않아요. 저희는……. 저희는 정말……."

주현진이 감격에 겨운 듯 제대로 말을 잇지 못했다.

"엄마! 왜 울어?"

"자네 왜 우는감?"

그 순간, 막대 사탕을 든 진우와 마길상 할아버지가 병실 쪽으로 걸어오고 있었다.

"아, 아니에요. 어르신."

마길상 할아버지를 보자 주현진이 옷소매로 눈물을 훔쳐내며 고개를 돌렸다.

"뭐여? 김 선상이 때린 겨?"

"아, 아니에요. 선생님이 왜 절 때려요?"

남편 선한구의 심장이 나왔다는 소식은 더할 나위 없이 기쁜 일이었지만, 같은 처지에 놓인 마길상 할아버지였기에 미안한 감정인 것. 마길상의 시선을 애써 피해 보는 주현진이었다.

"그려? 그런데 왜 이렇게 우는 겨? 한구한테 무슨 일이 생긴 겨?"

"아, 선한구 씨 심장이 나왔다네요, 어르신."

주현진 대신 김윤찬이 말할 수밖에 없었다.

"어? 그려? 이거 경사구먼. 경사야!"

마길상 할아버지가 잠시 머뭇거리더니, 곧 환하게 웃었다.

"네에, 다행이에요. 거의 4년을 기다렸던 기쁜 소식이니까요."

"암만! 이제 우리 한구, 살았구먼!"

자기 일만큼이나 기뻐하는 마길상 할아버지였다.

"죄송해요, 어르신!"

주현진이 민망한 듯 마길상 할아버지에게 인사를 했다.

"떽! 죄송할 게 뭐여? 한구 심장이 나왔으면 된 거지. 오늘내일하는 나 같은 늙은이는 신경 쓰덜 말어!"

"아, 아니에요. 어르신 심장도 곧 나올 거에요."

"그랴. 언젠가는 나오겄제. 난 암시랑토 안 허니까, 괜히 미안해할 것 없어. 진우 엄마! 축하해! 정말 축하해."

껄껄껄껄, 마길상 할아버지가 환하게 웃으며 기뻐했다.

"네, 어르신! 감사합니다. 정말 감사합니다."

"아이고! 이제 우리 진우, 아빠랑 운동장에서 축구 할 수 있겠네?"

"할아버지, 정말요?"

"그럼, 그럼! 당연하지."

마길상 할아버지가 조금은 쓸쓸한 미소를 지으며 진우의

머리를 쓰다듬어 주었다.

김윤찬 연구실.

하지만 심장이 나왔다는 기쁨도 잠시, 선한구의 가족은 현실적인 문제에 직면할 수밖에 없었다.

"선한구 환자의 상태에 따라 유동적이긴 하지만, 수술 시간은 최소 6시간에서 최대 10시간 정도 걸릴 거라고 보면 됩니다."

"네에."

설명을 듣고 있는 주현진의 얼굴이 마냥 밝아 보이지만은 않았다.

"천운으로 최적의 심장을 공여받을 수 있어서, 1년 이내의 생존율은 95%가 넘습니다. 그리고 관리만 잘해 주신다면 일상생활을 하시는 데 아무런 문제가 없을 거예요."

"네에, 선생님! ……그러면 우리 진우 아빠, 수술 비용은 얼마나 나올까요? 많이 나오겠죠?"

역시나 주현진의 얼굴에 그늘이 지게 만든 건 돈 문제였다.

"흐음, 병원마다 조금씩 차이는 있겠지만 3천만 원 정도 들 거라고 보시면 될 것 같아요."

지금 이 순간이 의사로서 형편이 여의치 않은 환자를 대하는 가장 힘든 시간이었다.

"3천만 원요?"

"네에. 환자마다 조금 차이가 있긴 한데 중환자실에서 에크모를 사용하게 된다면 비용은 좀 더 추가될 수 있습니다. 추가 비용을 고려한다면 2천만 원 정도의 비용이 더 필요할 수도 있을 것 같아요."

김윤찬의 표정 역시 밝지만은 않았다.

"그러면 5천만 원이나……."

주현진의 얼굴에 복잡한 심경이 여과 없이 드러나는 듯했다.

"흠흠, 우리 병원에서도 치료비를 지원해 주는 시스템이 있으니, 제가 알아보도록 하겠습니다. 그러니, 너무 돈 걱정은 마시고……."

"네, 저도 이미 알아볼 건 다 알아봤어요. 우리 애 아빠 같은 경우는 그래 봐야 겨우 몇백 정도더군요. 사업체를 운영했던 경험도 있고, 어이없게도 소득수준이 높다네요? 세상, 빚 좋은 개살구인데 말이에요."

휴우, 주현진이 허탈한 듯 한숨을 내쉬었다.

"……."

"제가 좀 더 알아보도록 하겠습니다."

"아, 아니에요. 선생님! 제가 무슨 염치로 선생님께 그런

부담을 드리겠어요. 제발, 우리 진우 아빠만 살려 주세요. 돈은 어떻게든 제가 마련해 볼게요."

"네에. 아무튼 수술 일정이 잡히는 대로 안내해 드릴게요. 궁금하신 사항이 있으시면, 저를 찾아오시든가, 윤정은 코디네이션님에게 여쭤보면 잘 알려 드릴 거예요."

"네에, 알겠습니다."

그렇게 자리에서 일어나 돌아가는 주현진의 어깨가 너무나 무거워 보였다.

"김 선상, 혹시 잠시 시간 되면 나랑 애기 좀 할 수 있을까?"

그날 저녁, 마길상 할아버지가 김윤찬에게 말했다.

"아……. 오늘 대국은 좀 힘들 것 같은데요. 어르신?"

"아녀, 아녀. 장기 두자고 하는 게 아니라, 내가 김 선상한테 긴히 물어볼 말이 있어서 말이여."

마길상 할아버지가 연신 손을 내저었다.

"무슨 일 때문이신지 여쭤봐도 될까요?"

"음, 한구 일로 몇 가지 궁금한 게 있어서 말이야. 길게 시간 안 뺏을 거구먼."

"아, 네. 후우, 한 10~20분 정도는 괜찮을 것 같긴 하네요."

"그려? 그럼 다행이네. 어디서 얘기할까?"

"하늘공원으로 가실래요?"

"그려, 그게 좋겠구먼."

그렇게 마길상 할아버지와 김윤찬이 하늘공원으로 발길을 옮겼다.

하늘공원.

"그게 말이여. 한구가 걱정이 많은가 벼?"

"네? 무슨 일로요?"

"뭐긴 뭐여. 징그런 돈 때문이제."

"아, 네."

"그 이식수술 하는 데 수술비가 수천만 원 정도 든다는데, 맞는감?"

"네, 그 정도 비용이 드는 걸로 알고 있습니다."

"니미럴, 수천만 원이 어느 집 개 이름이여? 하루 벌어 하루 먹고사는 우리 같은 사람은 다 죽으라는 거지, 쓰벌!"

마길상 할아버지가 인상을 쓰며 욕설을 내뱉었다.

"……."

"어떻게, 진우 애미는 그 돈을 마련할 수 있다고 하던감?"

"아, 어르신! 그건 제가 말씀드리기 곤란합니다. 사적인 일이라……."

"제기럴, 이제 나도 반쯤은 가족이나 진배없어! 그러니까 어여 말을 좀 해 봐 봐. 한구 그 인간은 허구한 날 오만 인상을 쓰고 앉아 있지, 그 밝던 진우 애미도 얼굴에 그늘이 잔뜩 끼어 있어서 내가 답답해 죽겠구먼."

마길상 할아버지가 대답을 재촉하며 미간을 찌푸렸다.

"어르신, 그래도 말씀드리긴 좀 곤란합니다. 죄송합니다."

"흠, 끝까지 안 갈쳐 주겠다 이건감? 하긴, 뻔하지. 그 집구석 사정을 내가 잘 아는데, 그 큰돈을 어디서 구하겠남. 안 그려?"

마길상 할아버지가 은근슬쩍 김윤찬을 떠보는 듯했다.

"저는 더 드릴 말씀이 없으니, 정 궁금하시면 어르신이 직접 여쭤보시는 게 좋을 것 같네요. 그럼 전 이만 내려가 보겠습니다."

"자, 잠깐만! 김 선상!!"

마길상 할아버지가 김윤찬의 발걸음을 멈춰 세웠다.

"네? 더 하실 말씀이 있으세요?"

"그려그려. 내가 궁금한 게 하나 있어서 말이야. 여그 앉아 봐."

마길상 할아버지가 김윤찬의 옷소매를 잡아끌었다.

"네에. 저 환자 보러 가야 해서 오래 있을 순 없어요. 빨리 말씀하세요. 어르신."

"혹시 말이여. 이건 정말 내가 너무 궁금해서 물어보는 건데, 만약에 한구가 수술을 못 받으면 어떻게 되는 건감?"

"네? 수술을 못 받다뇨? 그게 무슨 말씀이십니까?"

"하아, 돈 문제 말이여. 수술비를 마련하지 못하면 수술을 못 받을 거 아닌감? 그러면 어떻게 되냐는 거지."

"흠, 거기까진 생각해 보지 않아서 잘 모르겠습니다. 제가 지금 말씀드릴 수 있는 건, 선한구 씨는 코노스(국립장기이식혈액관리원)에 이식 신청을 했고, 최근에 적절한 뇌사자의 심장이 나와서 수술을 할 예정이라는 것뿐입니다."

"그, 그려. 그건 나도 잘 안다니까? 그러니까 수술비가 없으면 어떻게 되냐고 묻잖여?"

마길상 할아버지가 짜증이 난다는 듯이 손을 내저으며 말했다.

"다시 말씀드리지만, 전 의사로서 선한구 씨 심장이식수술을 해야 할 책임이 있고, 그 책임을 가지고 있는 만큼, 끝까지 최선을 다할 생각입니다."

"홀홀홀, 그러니까 선한구가 수술비가 없는 게 맞네? 그자?"

그러자 마길상 할아버지가 뭔가를 알아챘다는 듯, 입가에 기분 나쁜 미소를 지었다.

"어르신! 송구스러운 말씀이지만 선을 넘으신 것 같군요. 제가 답변드릴 게 없습니다. 전 이만 내려가 보겠습니다."

“심장은? 한구가 수술을 못 받으면 심장은 어떻게 되는겨?”

그렇게 김윤찬이 돌아서려는 순간, 마길상 할아버지가 나지막한 소리로 물었다.

“……”

“설마 버리진 않겠지? 그 아까운 것을 말이여?”

“…….”

마길상! 당신 도대체 정체가 뭐야?

마길상 할아버지의 말에 등골이 오싹해졌는지, 김윤찬은 잠시 머뭇거리다 이내 병동 쪽으로 발길을 옮겼다.

며칠 후, 흉부외과 병동 1024호.

“이봐, 한구!”

마길상 할아버지가 곤히 잠들어 있는 선한구를 흔들어 깨웠다.

“…….”

“이봐! 한구! 일어나 봐, 얼른!”

선한구가 반응이 없자, 마길상 할아버지가 좀 세게 선한구의 팔을 잡아끌었다.

"……네? 어르신? 무슨 일이세요?"

그러자 잠이 깬 선한구가 눈을 비비며 자리에서 일어나 앉았다.

"무슨 잠을 하루 죙일 자는 겨?"

마길상 할아버지가 짜증 섞인 투로 물었다.

"아, 그게. 주사를 독한 걸 맞아서 그런지 계속 졸음이 쏟아지네요."

"그려? 그러면 지금은 괜찮은 겨?"

"네에. 좀 잤더니 나아졌어요. 그나저나 무슨 일 있으세요, 어르신?"

"아냐, 야냐. 별거 아니고. 진우 엄마는 어디 갔는감?"

마길상 할아버지가 주변을 두리번거리며 물었다.

"아, 네. 잠시 집에 볼일이 있어서 갔어요."

"그럼 올려면 멀었겠구먼."

"네, 아마도 내일 아침에나 올 것 같아요."

"그려? 그럼 잘됐네. 자네 말이여, 나랑 내기 장기 한 판 안 둘라나?"

"내기 장기요?"

"그려. 우리 장기 안 둔 지 오래됐잖여. 그런데 요즘 진우 엄마 표정이 너무 안 좋아서 두자는 소리를 못 했거든. 오늘은 한 판 뒀으면 좋겠구먼!"

마길상 할아버지가 입술에 침을 두르며 눈을 빛냈다.

평소와는 180도 다른 마길상 할아버지의 매서운 눈빛.

마치 궁지에 몰린 생쥐를 노려보는 도둑고양이의 그것이었다.

장이야? 멍이야? (2)

흉부외과 병동 하늘공원.

“이보게, 한구! 오늘이 우리 마지막 대국일지도 몰러.”

마길상 할아버지가 장기판과 장기짝을 펼쳐 놓았다. 안광이 뿜어져 나오는 눈빛이, 예전에 허술했던 그가 아님을 보여 줬다.

“네? 어르신, 그게 무슨 말씀이세요?”

그러자 선한구가 어리둥절한 표정을 지었다.

“말귀를 못 알아듣는감? 오늘이 마지막 대국이라니까.”

“어르신! 혹시 어디 가십니까?”

“아녀, 내가 가긴 어딜가? 그냥 그렇다는 거야.”

“흐음…… 어르신, 오늘따라 좀 이상하시네요.”

"흐흐흐, 내가 죽을 때가 다 됐나 벼. 옛말에 사람이 변하면 죽는다잖여."

"그런 말씀 마세요! 어르신도 곧 심장이 나올 겁니다. 저처럼요."

"그래, 뭐 기적이라는 것도 있으니까. 그나저나 진우 애미가 걱정이 많아 보이던데, 수술비는 마련한 겨?"

"흐음, 5천만 원이란 큰돈이 어디 구하기 쉽나요? 애 엄마가 사방팔방 알아보고 다니는 것 같은데, 쉽지 않을 겁니다."

"그러게 말이여. 한 50여 년 전이었지. 우리 집이 찢어지게 가난해서 내가 남의 집 머슴을 살 때였어."

마길상 할아버지가 하늘을 올려다보며 과거를 회상했다.

"아, 네."

"하루 세끼가 뭐여? 한 끼 챙겨 먹기도 힘들었제. 그런데 월남에서 전쟁이 나 부렀네? 나라에서 참전을 하면 밥 멕여 주고 재워 주고 월급도 준다고 하잖여. 그래서 내가 자원입대를 했지."

"아, 베트남전에 참전하셨군요?"

"그려. 그때가 참말로 좋았제."

월남 얘기에 할아버지 얼굴이 밝아졌다.

"아, 그러셨군요!"

"일단 배는 안 곪잖여. 게다가 난 보급병으로 복무해서 미제 과자랑 술이랑 원 없이 먹고 마셨지."

홀홀홀, 행복해 보이는 마길상 할아버지의 얼굴이었다.

"좋으셨겠네요."

"그럼, 그럼. 내가 거기서도 인기도 좋았제. 어쩌면 월남에 내 새끼가 자라고 있는 줄도 모르겠어? 린당팜이라고, 참말로 고운 여자였는디……."

"그러셨군요."

"그려. 지금도 가끔은 생각이 나는구먼. 참말로 봄날이었제."

"네에."

"그리고 우리 소대에 까막눈 아닌 사람은 나하고 우리 소대장님뿐이었제. 다들 글을 못 읽고 못 쓰니까, 나랑 소장님이랑 편지란 편지는 죄다 써 줬어. 밤만 되면 한국에서 온 편지 읽어 주고 또 받아 적어 주고 그러면서 울기도 허고, 웃기도 허고 그랬어."

추억에 잠긴 마길상 할아버지의 표정이 아련했다.

"네, 좋은 일 많이 하셨네요."

"아이고, 내 정신 좀 봐. 어쩌다 보니 말이 삼천포로 빠져버렸구먼. 어쨌든 월급 받으면 따박따박 집에 보내 줬지. 군인 마치고 귀국하면 시발택시라도 한 대 사서 몰아 볼라고 말이여."

"아, 그러셨군요."

"그런데, 귀국하고 돌아와 보니 집에 난리가 난 겨."

"네? 왜요?"

"그게 말이여. 아부지란 양반이 여시 같은 여자 하나를 잘못 만나서 내가 보내 준 금쪽같은 돈을 전부 날려 버린 겨."

"아이고, 세상에."

"그때, 우리 어매가 엄청 아팠거든?"

"네에."

"우리 어매 병이 맹장염이었어. 어매는 아파 죽는데, 아버지란 인간은 그 여시 같은 여자랑 술집에서 흥청망청 술을 퍼마시고 있었제. 내가 보내 준 돈 전부 탕진해 버리고, 어매는 결국 맹장이 터져 돌아가셨지."

"흐음, 그런 일이 있었군요."

"그때부터 난, 미친 듯이 돈을 벌었어. 아까막시(조금 전에) 우리 소대장 있었다고 했잖어?"

"아, 네? 같이 편지 대필해 주신?"

"그려그려. 그분이 전쟁 끝나고 돌아와서 중정(중앙정보부)에 들어갔는디, 월남전 인연으로 내 일을 엄청나게 도와줬어. 천운이었지."

"정말요? 어떻게요?"

"압구정동 알어?"

"그럼요. 강남에 있는 동네 아니에요?"

"맞어. 그때만 해도 거가 완전히 뻘 밭이었어. 허구한 날 한강 물이 넘어와서 농사도 못 짓는 몹쓸 땅이었제."

"그런데요?"

"음, 그 소대장 어르신이 그쪽 땅을 좀 사 두라고 하더라고. 이유는 묻지 말고 말이여."

"와! 그래서요? 땅을 사셨어요?"

"당연하지. 내가 당시 기름차를 몰고 있었는데, 기름통 묻어 둘 땅이 필요했거든? 그래서 지금 한남대교 남단 밑에 뻘밭을 내가 샀지. 한 3천 평 될 것이여."

"예? 3, 3천 평이요??"

깜짝 놀란 선한구의 눈동자가 부풀어 올랐다.

"뭘, 그렇게 반찬 집어 먹은 강아지처럼 놀라?"

"아, 아뇨. 그러면 돈을 엄청 버셨을 것 같은데……."

"벌었지. 돈뭉치에 파묻혀 죽을 만큼 벌었어. 허벌나게 벌어 부렀지."

"그런데 왜……."

"그런데 지금은 왜 이 모양 이 꼴이냐고? 그렇게 번 돈은 다 어디다 두고 이런 초라한 모습이라는 겨? 내가 거짓부렁하는 거 같은감?"

마길상 할아버지가 선한구를 보며 눈을 흘겼다.

"아, 아뇨. 그런 건 아니고요."

당황한 선한구가 고개를 절레절레 흔들었다.

"아니긴 뭐가 아녀, 딱 보니까 못 믿는 눈친데."

"아, 아닙니다! 그런 건 절대 아니고요. 무슨 사정이 있으셨겠죠."

"사정이라……. 있지! 돈 버는 재미에 정신없이 지내다 보니까, 내 몸뚱어리 하나 돌볼 생각은 못 했구먼! 돈이면 뭐든 해결할 수 있을 줄 알았는데 말이야."

홀홀홀, 마길상 할아버지의 입가에 씁쓸한 미소가 번졌다.

"……네에."

선한구가 그런 마길상 할아버지를 아련한 눈빛으로 쳐다보았다.

"하아, 그래서 말인데, 자네 심장, 나한테 주면 안 되겠나?"

"네? 아, 아니, 그게 무슨……."

마길상 할아버지의 뜻밖의 말에 당혹감을 숨기지 못하는 선한구였다.

"왜? 안 되겠남? 자네는 젊으니까 아직 기회가 있지 않나? 내가 돈이라면 얼마든지 줄게."

"아, 아뇨. 어르신 말씀은 무슨 뜻인지 알겠지만, 지금 하신 말씀은 못 들은 것으로 하겠습니다."

당황한 선한구가 자리에서 벌떡 일어났다.

"허허허, 앉어! 농이여! 자네가 어떻게 나오나 두고 보려고 그런 겨. 그렇게 정색을 하면 내가 무안해지잖여."

"하아, 어르신! 정말 깜짝 놀랐잖아요! 심장 떨어질 뻔……."

"자, 이걸 한번 봐."

선한구의 말이 떨어지기가 무섭게, 마길상 할아버지가 주머니에서 통장 하나를 꺼내 내보였다.

"이게 뭡니까?"

"보면 몰러? 통장 아녀?"

"아니 이걸 왜 제게 보여 주시는 겁니까?"

"일단 열어 봐, 얼른."

"이, 20억?"

통장을 열어 금액을 확인한 선한구.

손가락으로 0의 개수를 세던 선한구가 깜짝 놀라 손으로 자신의 입을 틀어막았다.

"그려. 20억이여. 어뗘? 이만하면 내기 장기값으로 충분하지 않은감?"

"내, 내기 장기값이라고요?"

"그려. 지금 나랑 장기를 둬서 자네가 이기면 내가 이 돈을 자네한테 줌세. 이거 거저 아녀! 내가 장기 둬서 자네를 이긴 적이 있던가?"

조명을 받은 마길상 할아버지의 눈이 반짝거렸다.

"내기 장기를 둬서 제가 이기면 이 돈을 저한테 주신다는 건가요?"

"그려. 자네가 이기면 20억은 자네 돈이 되는 겨. 이 돈이면 한구 자네 수술도 하고, 불쌍한 진우 애미도 호강도 시켜 주고 진우 뒷바라지도 할 수 있는 거 아녀? 이만큼 이문이 남는 장사가 세상에 어디 있어?"

"음……."

다시 한번 통장을 열어 금액을 확인해 보는 선한구.

꿀꺽, 통장을 유심히 살펴보던 선한국의 목울대가 꿀렁거렸다.

"왜? 돈이 적은감?"

"아, 아뇨. 그런 게 아니라……. 만약 제가 장기를 지면 어떻게 되는 거죠?"

"아까막시도 말했잖여. 자네가 받기로 한 심장을 나한테 줘."

"……."

꿀꺽, 선한구가 또 다시 마른침을 삼켜 넘겼다.

"어뗘? 한번 해 볼 만한 도박 아녀?"

"그, 그게 제가 심장을 양보한다 할지라도 어르신이 그걸 받을 수 있는 건 아니잖습니까?"

"허허허, 그건 걱정 말어. 장기이식 우선순위라는 제도가 있어. 내가 그 대상자가 될 수 있단 말이여. 자네가 심장을 나한테 양보한다고만 하면 말이여."

"그, 그런 제도가 있다고요?"

"그려. 설사 그런 제도가 없다 하더라도 내 돈이면 그렇게 만들 수 있단 말이지. 이 세상에 돈 가지고 안 되는 건 없으니까.”

며칠 전과는 완전히 다른 모습의 마길상 할아버지였다.

“후우!”

또다시 통장을 펼쳐 금액을 확인하는 선한구.

그저 땅이 꺼져라 한숨만 내쉬는 선한구였다.

“어려울 것 없잖여. 장기는 자네가 고수 아닌감? 나 같으면 당장 장기짝 붙어 잡겄네, 쩝.”

마길상 할아버지가 장기짝 몇 개를 손으로 집어 만지작거렸다.

“지, 진짜, 제가 이기면 이 돈을 주신다는 겁니까?”

“당연하지. 여기 도장도 있네. 자네가 장기에서 이기면 바로 이 도장도 함께 줌세. 나 그렇게 허튼소리 하는 사람 아녀!”

“저, 정말입니까?”

“아이고, 뭔 사람이 이렇게 의심이 많어? 싫으면 관둬! 다른 병원 가서 할 사람 찾아볼라니까.”

탁, 마길상 할아버지가 신경질적으로 장기짝을 집어 던지더니 장기판을 접으려 했다.

“자, 잠깐만요. 어르신! 하, 하겠습니다. 내기 장기 두겠어요!”

그러자 선한구가 자리에서 일어나려는 마길상 할아버지의 옷소매를 잡아당겼다.

"진짜 할 겨?"

"네, 하겠습니다! 진짜 이 돈 저한테 주시는 거 맞습니까?"

"아이고, 몇 번을 말해? 거기 예금주가 누구 이름으로 되어 있는지 봐."

통장 맨 앞을 확인해 보니, 예금주란에 '선한구'라는 세 글자가 정확히 박혀 있었다.

"어, 어떻게 제 이름으로 통장을 만드신 건지?"

"내가 말하지 않았남? 이 세상에 돈이면 못 할 게 아무것도 없다고?"

"후우, 아, 알겠습니다! 두시죠."

"좋아! 잘 결정했어. 이건 뭐 거저나 다름없잖여."

"어떻게 두시겠습니까? 3판 2승? 아니면 5판 3승으로 할까요?"

장기판을 펼쳐 드는 선한구의 손이 미세하게 흔들렸다.

"뭐, 그렇게 복잡하게 갈 필요 있겠남? 단판으로 승부를 봄세. 어떤가?"

똬리를 틀고 앉아 먹잇감을 노려보는 독사와 같은 눈빛이었다.

"다, 단판이요?"

선한구의 목소리 역시 흔들였다.

"그려. 복잡한 거 거추장스러우니까 단판으로 하자고."

"조, 좋습니다. 그럼 단판으로 하죠. 제가 한(漢)을 잡을까요? 어르신이 잡으시겠습니까?"

장기짝을 만지작거리는 선한구. 어느새, 이마에 땀이 송골송골 맺혀 있었다.

"자네 좋을 대로 혀."

마길상 할아버지가 팔짱을 낀 채, 턱짓으로 장기짝을 가리켰다.

"네에, 그러면 제가 선공을 하겠습니다."

선한구가 초(楚)를 잡으며 장기판에 알을 놓기 시작했다.

"껄껄껄껄! 고수가 초를 잡는다고? 여태 한을 잡아 놓고? 겁나게 이기고 싶은 모양일세?"

마길상 할아버지가 자기 쪽에 장기짝을 배열하며 웃었다.

"……그, 그럼, 제가 한을 잡을까요?"

선한구가 민망한지 장기짝을 바꾸려 했다.

"아녀, 아녀. 내가 암거나 잡으라고 했으니까 그렇게 해."

"네에."

"좋아! 그러면 우리 두 사람의 마지막 대국을 시작해 볼까?"

"네."

장기판에 모든 장기짝을 배열한 두 사람.

"어여 둬."

"네, 어르신!"

그렇게 선한구가 졸을 하나 위쪽으로 올리면서 운명의 장기 대국이 시작되었다.

그렇게 대국이 시작된 지 50여 분 후.

장기를 시작하자마자 마길상 할아버지의 파상공격이 시작되었고, 선한구는 그의 공격을 막기에 급급했다.

딸각!

차가 먼저 떨어져 나갔다.

딸각!

이번엔 포 하나를 잡히고 말았다.

그리고 얼마 지나지 않아 마까지.

하나하나 떨어져 나가는 선한구의 장기짝들.

어느새 승기는 완전히 마길상 할아버지 쪽으로 기울고 말았다.

어느새 토마토처럼 붉게 물들어 버린 선한구의 얼굴. 그가 옷소매로 연신 흘러내리는 비지땀을 닦아 내기 바빴다.

"한구! 뭐 해? 포(包) 장이야."

"네??"

잔뜩 긴장한 선한구가 눈을 깜박였다.

"지금 포 장이라고!"

"아, 네. 그, 그럼 이걸 어떻게……"

선한구가 손을 벌벌 떨며 사를 움직이려 했다.

"사(士)를 내리면 차(車) 장이야!"

딸각딸각, 마길상 할아버지가 따낸 말들을 만지작거리며 근엄하게 말했다.

"이, 이게 어떻게 된 거지……."

선한구가 당혹감을 숨기지 못하며 말을 더듬거렸다.

"사를 내리면 차 장, 그대로 두면 포 장! 궁이 갈 데가 없는데 어쩌지??"

고개를 들어 선한구를 노려보는 마길상 할아버지.

"어, 어르신! 제가 잠깐 딴생각을 하다가 그런 것 같은데, 하, 한 수만 물러 주시면 안 되겠습니까?"

"허허허, 내기 장기에서 물러 주는 게 어딨나? 자네가 언제 내 수를 물러 준 적이 있던가?"

마길상 할아버지의 표정이 얼음처럼 차가웠다.

"하아하아, 아니! 제가 예전에도 여러 번 물러 줬잖습니까? 어떻게 이러실 수가 있어요? 한 번만 물러 달라는데!"

자기도 모르게 목소리 톤을 높이는 선한구였다.

"쯧쯧쯧, 사람하곤!"

마길상 할아버지가 한심하다는 듯이 혀를 찼다.

"아, 아니! 그게 아니라……요. 이건 좀 아니지 않습니까? 아니, 이건 분명 사기예요! 어르신, 지금까지 수를 속이셨던 거잖아요. 오늘 저한테 덤터기를 씌우시려고요! 다, 당신! 사기꾼이잖아!!"

선한구가 벌게진 얼굴로 손을 부들부들 떨었다.

"드디어 이렇게 본성을 드러내는구먼. 역시 열 길 물속은 알아도 한 길 사람 속은 모르는 법이라더니. 자네 실망일세."

마길상 할아버지가 고개를 내저으며 퉁명스럽게 말했다.

"아니요. 그게 아니라! 아무튼, 어르신이 절 속인 거니까 이 내기는 무효예요! 이건 인정할 수 없어요! 애초에 일부러 저한테 져 주셨던거잖아요!"

와르르, 선한구가 이성을 잃은 듯 손으로 장기짝들을 쓸어 버렸다.

"쯧쯧쯧, 역시 검은 머리 짐승은 거두는 게 아니라고 했어! 세상 일이 자네 뜻대로 될 거라고 생각하나?"

날카롭게 선한구를 응시하는 마길상 할아버지.

"그런 건 모르겠고요, 어르신이 절 속인 거니까 무효예요. 내기는 없던 걸로 하겠습니다!"

선한구가 황급히 자리를 박차고 일어났다.

바로 그때였다.

"이봐! 한구! 뭐 해? 장기짝 놓지 않고?"

마길상 할아버지가 엉뚱한 소리를 했다.

"네? 그, 그게 무슨 말씀입니까?"

발걸음을 멈춰 서는 선한구.

"무슨 말이긴? 장기 안 둘 거야? 우리 내기 장기 두기로 했잖여? 어딜 가려고 그려?"

마길상 할아버자가 당황한 듯 선한구를 올려다봤다.

“네? 방금 두지 않아…….”

당황한 건 선한구도 마찬가지였다.

“당최 뭔 소린지 모르겄구먼. 쓸데없는 소리 말고 얼른 장기짝이나 놔.”

마길상 할아버지가 선한구의 옷소매를 잡아끌어 자리에 앉혔다.

“아…… 네, 어르신.”

–그나저나, 여기 있던 커피는 누가 다 마셨어?

–네? 저 안 마셨는데요? 그거 할아버지가 다 드신 거잖아요?

–네? 아, 네. 제가 착각했나 봐요..

–그려, 그러니까 자네가 한 잔 찐하게 타 와 봐.

그 순간, 선한구가 얼마 전, 마길상 할아버지 본인이 커피를 다 마시고도 깜박 잊어버렸던 것을 떠올렸다.

“자네가 초를 잡을 건가? 아니면 내가 초를 잡을까?”

정말 아무것도 기억나는 게 없는 듯한 마길상 할아버지였다.

“어르신, 정말 아무것도 기억이 나지 않으십니까?”

“어허! 지금 무슨 소리를 하는거야? 무슨 기억을 말하는 겨? 빨리 두자니까?"

마길상 할아버지가 대수롭지 않다는 듯이 장기짝을 골라 내고 있었다.

"아, 네. 알겠습니다. 어르신."

꿀꺽, 선한구가 마길상 할아버지를 물끄러미 내려다봤다.

"이번엔 내가 한을 잡을 테니까, 자네가 초를 잡아!"

"아닙니다, 어르신! 원래대로 제가 한을 잡겠습니다. 원래 하던 대로 초를 잡으십시오."

"그려? 그럼 그렇게 함세. 절대 후회하면 안 되네?"

환하게 웃는 마길상 할아버지. 어느새 예전의 온화한 모습으로 돌아와 있었다. 그의 말대로 좀 전의 상황을 전혀 기억하지 못하는 모습이었다.

"네에, 어르신!"

"좋아! 이제 대국을 시작해 보자고!"

흠흠흠, 마길상 할아버지가 옷소매를 돌돌 말아 올리더니, 졸을 위로 올리며 헛기침을 했다.

또 그렇게 시간이 흘러 40여 분 후.

좀 전과는 정반대 현상이 벌어지고 말았다.

이번 판은 선한구의 절대적 우세.

방금 전, 신출귀몰 귀신같던 마길상 할아버지의 수는 온데간데없었다.

어이없게도 예전의 하수로 돌아온 마길상 할아버지였다.

"어르신, 장입니다."

선한구가 마(馬)를 옮기며 장을 불렀다.

"어이쿠, 어쩌다가 마 장에 걸렸누? 그러면 이렇게 궁을 내리면……."

"어르신, 그렇게 하시면 상(象) 장입니다."

죄책감이었을까?

본인이 장기에서 이기고 있음에도 불구하고 선한구의 목소리가 죽어 들어갔다.

"오메오메! 그러네? 이렇게 되면 어찌 되는 겨??"

마길상 할아버지가 난감한 듯 자신의 이마를 긁적거렸다.

"어르신이 지신 것 같습니다."

"하아, 결국 이렇게 된 겨? 내가 진 거야?"

"네, 그러신 것 같습니다."

승리한 선한구의 표정도 밝지만은 않았다.

"그려. 내가 졌네. 깨끗하게 패배를 인정하네. 역시 한구 자네는 고수여, 고수!"

"……."

흑흑흑, 말없이 눈물을 흘리며 어깨를 들썩이는 선한구.

그 역시 장기를 제법 잘 두는 고수였기에, 마길상 할아버지가 일부러 져 준 것을 모를 리 없었으리라.

지금까지 마길상 할아버지의 기이한 행동의 이유를 정확히 알아차린 선한구였다.

"뭐여? 다 큰 어른이 질질 짜고 그려? 20억 챙겨서 좋아서 우는 겨?"

"네에, 미치도록 좋아서 자꾸 눈물이 나네요. 어르신!"

흘러내리는 눈물을 주체할 수 없는 선한구였다.

"암만! 20억이 누구 애 이름이여? 아무리 땅을 파 봐. 십 원 한 장 나오나! 이 돈으로 수술도 받고, 하고 싶은 것도 하고 그랴. 여그 있어, 도장!"

마길상 할아버지가 주머니에서 검은 도장 하나를 꺼내 선한구의 손에 쥐여 주었다.

"죄송합니다, 어르신! 정말 죄송합니다!"

꺼억꺼억, 선한구가 설움이 북받친 듯, 눈물을 쏟아 냈다.

"왜? 나를 계속 이겨 먹어서 미안혀? 됐어! 그런 동정은 필요 없어. 다음엔 내 실력으로 반드시 자넬 이기고 말 겨."

칫, 마길상 할아버지가 토라진 듯, 몸을 돌려 앉았다.

"어르신!"

"아! 맞다. 통장 비밀번호는 0624여."

0624.

6월 24일! 선한구의 아들 선진우의 생일이었다.

"어, 어르신!!"

꺼이꺼이, 결국 마길상을 부여잡고 오열하고 마는 선한구였다.

"괜안혀! 울지 말어."

"흑흑, 죄송합니다. 정말 죄송합니다, 어르신!"

"쓸데없는 소리 한다! 그동안, 자네 덕분에 참말로 좋았네. 자네랑 이렇게 장기를 둬서 좋았고, 자네 아들내미랑 공놀이해서 좋았고, 자네 안사람이 끓여 준 잣죽 덕분에 좋았네. 그렇게 꿀맛 같은 잣죽은 난생처음 먹어 봤어!"

"어르신!"

"그러니까 얼른 쾌차해서 행복하게 살아! 난 그것 보는 것만으로 행복햐!"

토닥토닥, 마길상 할아버지가 온화한 미소를 지으며 선한구의 등을 두드려 주었다.

"어르신! 절대로 포기하시면 안 돼요! 지금부터라도 저도 백방으로 알아볼게요! 어르신도 하루빨리 쾌차하셔야죠. 그래야 장기도 계속 둘 것 아니에요!"

이미 눈이 새빨갛게 충혈된 선한구였다.

"고맙네, 고마워. 그럼세. 자네 말대로 나도 절대 포기하지 않음세."

마길상 할아버지가 마치 친아버지처럼 선한구의 얼굴을 어루만져 주었다.

며칠 후, 김윤찬 연구실.

수술 스케줄을 상의하기 위해 김윤찬과 선한구의 아내, 주현진이 연구실에서 만났다.

"보호자님! 이제 선한구 씨 수술, 할 수 있을 것 같습니다."

뇌사자의 최종 장기 적출 일정이 확정되었다.

"정말요? 이제 진우 아빠 수술받을 수 있는 거예요?"

"네, 방금 우리 병원 적출팀이 뇌사자가 있는 한일병원으로 출발했으니, 선한구 씨도 준비를 해야 할 것 같아요."

"아휴, 가슴 떨려. 진짜 우리 애 아빠 이식수술을 할 수 있는 건가요?"

여전히 믿기지 않는지 주현진이 되물었다.

"네, 지금까지 잘 관리해 온 덕에 수술하는 데는 아무런 무리가 없을 겁니다. 게다가, 이번 수술은 우리 병원 최고의 흉부외과 써전이신 고함 과장님이 직접 집도를 하실 예정이라 마음 놓으셔도 될 것 같아요."

"아이고, 이렇게 고마울 데가……."

훌쩍훌쩍, 주현진이 감격의 눈물을 흘렸다.

"네, 그런데 외람된 말씀이지만 뭐 하나만 여쭤봐도 되겠습니까?"

"네, 말씀하세요."

"음, 어려운 얘긴데……. 수술비는 어떻게 마련이 되셨나요? 일단 제가 과장님과 상의를 했는데, 수술비 납일일을 연기하거나 아니면 분납을 할 수 있는 방법을 찾고 있어요. 과장님 말씀이 돈 문제는 차치하고 일단 수술부터 진행하자고……."

김윤찬이 조심스럽게 수술비 얘기를 꺼냈다.

"아뇨, 아뇨, 괜찮아요! 저희 수술비 전액 마련했습니다!"

그러자 주현진이 환한 얼굴로 손을 내저었다.

"정말입니까?"

"네!"

"정말 다행이네요. 그게 금액이 적지 않았을 텐데."

"그러게 말이에요. 하늘이 도왔나 봐요! 애 아빠 먼 친척 중에 사업을 하시는 분이 계신데, 그분이 도와주기로 하셨어요! 세상에 어떻게 이런 일이!"

주현진이 흥분을 가라앉히지 못했다.

"정말 잘됐네요! 정말 잘됐어요, 보호자님!"

"네네, 저도 이게 꿈인지 생신지 아직 모르겠어요."

바로 그때였다.

"김 교수님! 큰일 났어요!"

마길상 할아버지 담당 간호사가 연구실 안으로 황급히 들어왔다.

"박 간호사님, 무슨 일이에요?"

"마길상 환자가 사라졌습니다! 이걸 어쩌죠?"

"뭐라고요? 어르신이 왜요?"

"저도 모르겠어요! 원무과에 입원비까지 전부 계산하고 퇴원하신 것 같아요."

"뭐라고요? 담당 주치의인 제가 허락을 안 했는데 어떻게 퇴원을 한단 말입니까? 그게 말이 돼요?"

"그, 그러게요. 아무래도 원무과에서 착오가 있었나 봅니다. 어쩌죠?"

"후우, 미치겠네. 그래서 어디로 가셨답니까?"

"그건 저도 잘 모르겠고, 마길상 환자분이 이 편지를 남기셨더라고요. 교수님 앞으로."

박 간호사가 편지를 김윤찬에게 건네주자, 그가 곧바로 펼쳐 보았다.

편지지에 써진 내용은 이랬다.

이봐, 김 선상! 그 동안 참말로 고마웠네. 내가 지금까지 수도 없는 병원을 다녀 봤지만, 자네처럼 싹싹한 의사는 첨이여. 난중에 유명한 의사가 되더라도 지금처럼 한결같이 환자를 대해 주면 좋겠구먼. 그나저나 김 선상, 장기 실력이 보통은 넘더라고. 장기 한 번 더 못 두고 떠나서 참말로 아쉽네.

우리 한구 잘 수술해 줘! 난 이만 감세!

"어, 어르신!"

편지를 읽는 김윤찬의 눈이 파르르 떨렸다.

흉부외과 병동 1024호.

"어, 어떻게 된 겁니까?"

편지지를 들고 곧바로 병실로 내려온 김윤찬은 선한구에게 달려가 물었다.

"저, 저도 잘 모르겠어요. 오늘 아침에 검사를 받고 왔는데 어르신이 안 계셨어요! 선생님, 어, 어쩌죠?"

금방이라도 울음이 터질 것 같은 선한구의 눈이었다.

"환자분, 혹시 어르신한테 무슨 일이 있었던 겁니까? 무슨 낌새가 없었어요? 두 분은 친하시니……."

"……서, 선생님, 잠시만요. 밖에서 잠시 드릴 말씀이 있어요."

선한구가 잠시 망설이더니 김윤찬의 팔목을 잡아당겼다.

"아, 네."

잠시 후.

"그런 일이 있었군요. 그러면 보호자분께서 말씀하셨던 먼 친척이란 분이 마길상 할아버지였다는 겁니까?"

선한구가 며칠 전 있었던 일을 김윤찬에게 설명해 주었다.

“네, 어르신이 절대로 안사람한테 말하지 말라고 하셔서요.”

“그랬군요.”

“저도 경황도 없고 솔직히 돈 욕심도 너무 나서 받긴 받았는데, 정신을 차리고 보니 내가 무슨 짓을 했나 싶더라고요.”

선한구가 시선을 바닥으로 떨어뜨렸다.

“…….”

“아무리 생각해 봐도 너무 큰돈이라서 감당도 안 되고……. 병원비만 쓰고 나머지 돈은 돌려드리려고 했거든요. 그런데 갑자기 어르신이 없어지신 거예요. 제가 신경을 써야 했는데, 못 했어요. 전부 제 잘못이에요.”

흑흑흑, 선한구가 망연자실한 표정으로 울먹거렸다.

“아니에요. 선한구 씨가 무슨 잘못이에요. 괜히 자책하지 말아요. 어르신은 제가 한번 찾아보도록 하겠습니다.”

“저도 같이 찾겠습니다! 그냥 가만 앉아 있을 수가 없어요.”

“아니, 곧 수술받으실 분이 무슨 소릴 하시는 겁니까? 괜히 쓸데없는 생각 하지 말아요.”

“그, 그래도 어르신이 없어졌는데, 제가 어떻게 가만히 있습니까? 만약에 어르신이 잘못되기라도 한다면…….”

“그럴 리 없을 겁니다. 그리고 어르신이 가장 원하시는 게 뭐겠습니까?”

"……."

"환자분께서 수술 잘 받는 거예요. 그러니까 당장 돌아가셔서 몸 관리나 잘하고 계십시오. 심장이식수술, 맹장 수술 아닙니다. 아셨죠?"

"……네에."

그제야 선한구가 고개를 끄덕거렸다.

하아, 할아버지! 어딜 가신 겁니까?

그렇게 김윤찬이 깊은 한숨을 내쉬는 사이, 검은 양복을 입은 남자 몇 명이 그에게 다가왔다.

"혹시, 김윤찬 선생님 되십니까?"

최대한 정중하게 묻는 남자.

"네, 그렇습니다. 누구십니까?"

"아, 네. 저는 마길상 회장님의……."

마길상 할아버지를 마길상 회장님이라고 호칭하는 남자. 그는 마길상 할아버지의 비서실장 장영균이었다.

길상파이넨셜의 마길상 회장.

어이없게도 마길상은 명동 사채 시장, 지하경제의 대부였다.

"아, 네. 전 어르신이 그런 분인지는 전혀 몰랐습니다."

"네, 저희도 그렇게 말렸는데, 굳이 일반 병실에 입원하시겠다고 고집을 피우셔서 어쩔 수 없습니다."

"네, 그런 일이 있었군요. 혹시 일반 병실에 입원하신 특별한 이유가 있었던 겁니까?"

"잠시만 저와 조용한 곳으로 가시겠습니까? 여기서는 말씀드리긴 좀 곤란해서요."

"아? 네, 그렇게 하시죠."

잠시 후, 김윤찬이 비서실장 장영균과 함께 조용한 곳으로 자리를 옮겼다.

"하아, 선한구 씨 때문이었죠."

"선한구 씨요?"

"그렇습니다."

"그게 무슨 뜻인지……. 그렇다면 어르신이 이미 선한구 씨를 알고 있었다는 겁니까?"

"네. 요즘 우리 회장님이 노블레스 오블리주를 실천하고 계십니다. 어려운 사람을 찾아 그들을 돕고 있는데, 당신께서 직접 만나 보고 결정하신다고 해서요. 이번에 도움을 줄 대상자가 선한구 씨였거든요."

"아……. 그런 일이 있었습니까?"

"네, 그렇습니다."

"그렇다면 혹시 생각보다 심장이 빨리 나온 것도?"

"아뇨, 아뇨. 그런 건 아닙니다. 선한구 씨 심장이 빨리 나온 건, 저희와는 아무런 상관이 없습니다."

"아, 네. 다행이군요. 그러면 어르신이 도대체 어딜 가신 겁니까?"

"후우~."

연신 한숨만 내쉬는 장영균. 그 역시 마길상 할아버지의 행방을 알지 못하는 눈치였다.

"아직 어디 계신지 모르시는군요."

"네. 전 직원을 동원해 찾고 있는데, 아직 어디 계신지 파악이 안 됩니다. 그래서 이렇게 선생님을 찾아온 겁니다. 혹시 우리 회장님이 평소에 무슨 얘기가 없으셨는지?"

"네, 저도 잘 모르겠습니다."

"역시 그렇군요. 아무튼, 혹시 연락이 닿거든 저한테 바로 좀 연락을 주십시오."

장영균이 지갑을 꺼내 김윤찬에게 명함을 내밀었다.

"네, 알겠습니다. 어르신 최대한 빨리 찾으셔야 합니다. 지금 어르신 상태가 너무 안 좋아요. 이렇게 외부에 돌아다니셔서는 안 돼요!"

"네네, 저도 그래서 걱정이 이만저만이 아닙니다. 최대한 노력해 보겠습니다."

"네."

마길상 할아버지가 명동 지하경제의 대부라고??

김윤찬이 어이없다는 듯이 고개를 내저었다.

띠띠띠띠.

그리고 잠시 생각에 잠겼던 김윤찬이 전화를 꺼내 김 할머니에게 전화를 걸었다.

"어머님! 저 김윤찬입니다."

—오야, 우리 아들 잘 지냈니?

"네, 그럭저럭요."

—뭐가 얼마나 바쁘다고 코빼기도 안 내비치니? 너 이럴 거면 우리 모자지간 끝내자, 어?

"죄송합니다. 조만간 생신이시니 그때 찾아뵙도록 하겠습니다."

—홀홀홀, 그래? 그래도 간나새끼, 애미 생일은 잊지 않았구나야.

"그럼요. 아무리 바빠도 생신 때는 꼭 찾아뵙겠습니다."

—그래그래, 굳이 무리하진 말라. 농담하는 거니까.

"아닙니다. 정말 찾아뵐게요."

—그나저나 무슨 일이가? 한창 바쁠 텐데?

"어머님한테 여쭤보고 싶은 게 있어서요."

—그래? 물어보라.

"어머님, 혹시 마길상이란 분을 아십니까?"

—음……. 이제 너도 그 영감탱이 정체를 알았나 보구나.

김윤찬의 예상대로 마길상 할아버지의 정체를 알고 있는 김 할머니였다.

"어? 그러면 어르신이 우리 병원에 입원한 것도 알고 계셨던 건가요?"

-홀홀, 당연하지. 내가 그 영감탱이를 너한테 보낸 건데 모를 리가 있갔니?

"어머니가요?"

-그래그래. 그 영감탱이가 네 낯짝 한번 보고 싶다고 해서 내가 그리 보냈다.

"아, 그런 일이 있었군요. 그러면 저한테 귀띔 좀 해 주시지."

-미쳤니? 그 망할 늙은이한테 무슨 쿠사리를 먹으려고 그런 짓을 하니? 그 영감탱이 골나면 세상 진상도 그런 진상이 없어야!

"아, 네. 그렇군요."

-그나저나 네가 마 영감을 알고 있는 걸 보면 무슨 일이 터지긴 했나 보구나.

"네, 길상파이넨셜 사람이 병원에 다녀갔습니다."

-그래? 그 종간나 새끼래. 나중에 마 영감한테 경을 치겠구나야. 그나저나 그 영감탱이는 왜? 무슨 사고라도 쳤니?

"갑자기 병원에서 사라지셨습니다."

-쯧쯧쯧, 그 영감탱이가 죽으려고 작정을 한 모양이구나. 결국 사고를 쳤어!

"그래서 말인데요. 어르신이 어딜 가셨을까요?"

—흐음, 아마 마누라쟁이한테 갔을 거이야.

"네? 어르신한테 사모님이 계셨던 겁니까? 전 처음 듣는 소린데."

—음, 있긴 한데 이미 황천길 건넌 지 오래야. 아마 황천 간 지 한 40년은 됐지? 마 영감이 그 여편네를 끔찍하게 생각했지. 그 이후로 지금까지 혼자 살았어. 악착같이 돈 모아 가면서 말이야.

"그랬군요. 어머니, 그렇다면 어르신이 사모님한테 가셨다면, 산소에 가신 건가요?"

—그래, 아마도 그럴 거야.

"잘됐군요. 혹시 그 산소가 어디 있는지 아십니까?"

—몰라.

"네? 모르신다고요?"

—그래, 나도 몰라. 알았으면 내가 진즉에 너한테 말해 주지 않았겠니? 나도 모른다. 아마 그 영감탱이 말고는 아는 사람이 없을걸. 50년 지기 친구인 나한테도 비밀로 한 거니까.

"아, 네. 알겠습니다."

—빨리 찾아라. 그 영감탱이 돈 모으는 것만 알았지, 아무것도 모르는 헐랭이야. 지금 어디 가서 얼어 뒈졌는지 어찌 알아? 아들내미, 며느리, 손자 하나 생겼다고 그리 좋아하드만. 노망이 났나? 왜 지랄병이야?

선한구 환자 가족을 말씀하시는 모양이었다.

"네, 지금 길상파이넨셜 사람들이 백방으로 찾고 있으니 곧 찾으실 겁니다."

-그나저나, 윤찬아! 마 영감 그렇게 가능성이 없는 거니? 그 뭐시기 심장 안 나오면 죽는 거가?

"……아뇨. 할아버지만 찾으시면 제가 어떻게든 살려 보도록 하겠습니다."

-정말이니? 가능한 방법이 있니?

"세상에 못 고치는 병은 없습니다. 못 고치는 의사만 있을 뿐이에요."

-허허허, 그 배짱 한번 좋구나야. 그래, 나도 기대하고 있으마.

"네, 어머님! 나중에 다시 전화드리겠습니다."

그렇게 김윤찬이 전화를 끊었다.

눈을 감고 벤치에 앉아 뭔가 골똘히 생각에 잠긴 김윤찬.

그는 갑자기 눈을 뜨더니 자리에서 벌떡 일어났다.

일주일 전.

"어르신?"

업무를 마치고 퇴근하는 김윤찬. 집으로 향하는 길에 마길상 할아버지를 만났다.

"엇! 김 선상?"

잘못이라도 하다 걸린 어린애처럼 마길상 할아버지가 깜짝 놀란 표정을 지었다.

"지금 어디 갔다 오시는 길이세요?"

"아, 그게……. 내가 잠시 볼일이 있어서 말이야."

당황한 마길상 할아버지가 말을 더듬었다.

"아니, 아프신 환자가 이렇게 돌아다니시면 어떡해요? 하아, 자꾸 이러시면 심장이 나와도 수술을 할 수가 없습니다, 어르신!"

"미안혀. 내가 오늘은 꼭 갈 데가 있어서 말이야."

"아무리 그래도 그렇죠. 저한테 허락도 없이 이렇게 돌아다니시면 어떡합니까? 담당 간호사한테는 허락을 받으신 겁니까?"

"아, 아니. 윤 간호사 그 사람이 허락을 해 줄 사람이여?"

"하아, 자꾸 이러시면 저, 어르신 치료 못 해 드립니다. 당장이라도 퇴원하세요. 자꾸 이러실 거면!"

"미안, 미안혀! 다시는 안 그러면 되잖여."

마길상 할아버지가 김윤찬의 양손을 붙잡고 애원했다.

그 순간, 김윤찬의 시선에 잡힌 마길상 할아버지의 낡은 점퍼. 점퍼에는 푸른 잔디가 적잖이 묻어 있었다.

"어르신, 이건 또 뭐예요? 어디 등산이라도 다녀오신 겁니까? 왜 이런 걸 묻히고 다니세요?"

툭툭툭, 김윤찬이 마길상 할아버지의 몸에 묻어 있던 잔디

부스러기를 털어 냈다.

"홀홀홀, 저그 공원에 볕이 좋아서 좀 누워 있다 왔어. 괜찮여. 놔둬."

"후우, 정말 하지 말라는 것만 하시는군요. 잔디밭도 어르신한테는 해로워요. 진드기나 호흡기 감염을 일으키는……."

"아이고, 할망구처럼 조잘조잘 잔소리가 보통이 아녀, 우리 김 선생! 알았어, 알았다고. 다시는 안 그럴 테니까 이번 한 번만 용서해 줘, 응?"

"하아, 네. 다시는 이러지 마세요. 한 번만 더 그러면 강제 퇴원시킬 겁니다."

"알았어, 알았으니까 얼른 퇴근햐."

"아뇨. 또 어디로 새실지 어떻게 알아요. 제가 병실까지 모셔다드리겠습니다."

김윤찬이 마길상 할아버지의 옆구리를 팔아 감아 부축했다.

"고맙네, 고마워!"

그 모습에 환한 미소로 화답하는 마길상 할아버지였다.

그때 돌아가신 할머니 산소에 가셨던 게 틀림없다!

김윤찬이 고개를 끄덕이더니, 지갑에서 뭔가를 꺼내 들어 살펴보았다.

정주 > 서울

그것은 일주일 전, 마길상 할아버지가 떨어뜨린 고속버스 티켓 영수증이었다.

"장영균 실장님!"

—네, 교수님. 접니다. 무슨 일이십니까?

난 곧바로 장영균 실장에게 전화를 걸었다.

"어르신 계신 곳을 알 수 있을 것 같습니다! 지금 바로 가야 할 것 같아요."

—네? 그게 어디입니까?

"정주요. 아마도 지금 정주에 계실 겁니다."

—정주요? 갑자기 정주는 왜요? 정주라면 회장님과 아무런 연고가 없는 곳인데…….

"지금은 길게 설명할 시간이 없습니다. 자세한 건 나중에 말씀드릴게요. 정주에 공동묘지가 있지 않습니까? 그곳에 가 보시는 것이 좋을 것 같습니다."

—네. 아, 알겠습니다. 지금 바로 출발하겠습니다.

"실장님, 저랑 같이 가시죠. 혹시 제가 필요할 수도 있으니까요."

—바쁘신데 괜찮으시겠습니까?

"마길상 할아버지는 제 환자입니다. 제가 당연히 챙겨야죠."

―알겠습니다. 그러면 제가 바로 모시러 가겠습니다.

"네."

얼마 지나지 않아 장영균 비서실장이 나를 데리러 왔다.

"교수님, 타십시오."

"네, 감사합니다."

띠띠띠띠.

난 차에 타자마자 이택진에게 전화를 걸었다.

"택진아, 나 정주에 좀 다녀올게."

―정주? 거긴 왜? 성묘라도 가냐?

"비슷해."

―그래? 이렇게 뜬금없이? 너 오후에 컨퍼런스 있는 거 몰라? 지금 제정신이냐?

"아마도 마길상 할아버지가 거기 계신 것 같아."

―정말? 할아버지 찾은 거야?

"아직은 아니야. 가 봐야 알지. 아무튼, 교수님께 말씀 좀 전해 줘. 오늘 컨퍼런스는 참석하지 못할 것 같다고."

―그거야 어렵지 않은데, 너 이런 식으로 오지랖 부리면 앞으로 힘들어져. 우린 의사지, 사람 찾는 탐정이 아니야. 언제까지 이럴래?

택진이 말이 맞다. 난 병을 고치는 의사지, 사람을 찾아 주는 흥신소는 아니다. 하지만, 내 환자가 지금 위태로울 수도 있는데 어떻게 가만있겠는가?

이 또한 사람을 살리는 일일 것이다.

"지금 사람 살리러 가는 거야. 난, 의사니까."

-어휴, 내가 너한테 무슨 말을 하겠냐. 너 꼴리는 대로 해라. 아무튼, 교수님한테는 내가 잘 말해 놓을게.

"그래, 고맙다."

"지금 회장님이 정주 공동묘지에 계신다는 겁니까?"

전화를 끊자 옆에 있던 장영균 실장이 물었다.

"네, 아마 돌아가신 사모님을 뵈러 가신 것 같습니다."

"돌아가신 사모님요? 우리 회장님이 결혼을 하셨단 말입니까? 전 평생 독신으로 사신 줄 알았는데."

최측근도 잘 모르는 사실이었다. 하긴, 50년 지기 친구이신 김 할머니만 알고 계셨으니, 이들이 알 리가 잇겠는가.

"네, 제가 알기론 그렇습니다."

"하아, 정말 당혹스럽습니다. 제가 회장님을 모신 지 20년이 넘었는데, 여태 그걸 모르고 있었다뇨?"

정영균 비서실장이 어이없다는 듯이 고개를 내저었다.

잠시 후, 그렇게 차로 달려 2시간여. 우린 마침내 정주 공동묘지에 도착할 수 있었다.

"정말 회장님이 이곳에 계실까요?"

차에서 내리자 정영균 실장이 물었다.

"글쎄요. 지금부터 한번 찾아봅시다."

그렇게 정영균과 나, 직원들은 공동묘지를 샅샅이 뒤지기 시작했다.

"헉헉헉, 안 계십니다."

"이쪽도 안 계신 것 같습니다."

직원들이 사방팔방으로 퍼져 찾아봤지만, 이곳에 마길상 할아버지는 계시지 않았다.

"회, 회장님!"

그렇게 1시간 정도를 이 잡듯 뒤지던 그때, 정주 공동묘지 맨 위쪽에서 직원의 목소리가 들려왔다.

마길상 할아버지를 찾은 모양이었다.

나와 정영균 실장은 쏜살같이 목소리의 근원지로 달려갔다.

"어, 어르신!"

"회장님!"

초라한 무덤 주변에 널브러져 있는 소주병. 그리고 물먹은 솜처럼 축 늘어진 마길상 할아버지가 가쁜 숨을 몰아쉬고 있었다.

언뜻 봐도 상당 시간 이곳에 머물러 있었던 것 같았다.

"젠장! 어르신!"

난 곧바로 달려가 어르신의 목 주변을 살펴보았다.

역시나 경정맥 팽대!

그리고 곧바로 확인한 펄스(맥박).

분당 맥박수가 한계 수치를 이미 넘어선 것 같았다.

발작성 빈맥!

심부전 환자의 전형적인 증세였다.

호흡부전에 타키카디아(발작성 빈맥)까지.

지금 이대로라면 어르신의 목숨은 보장할 수 없었다.

"어, 어떻게 된 겁니까?"

당황한 장영균 비서실장이 어쩔 줄 몰라 했다.

"후우, 일단 응급조치부터 하고 바로 병원으로 옮겨야 할 것 같습니다. 준비해 주세요."

"네! 그렇게 하겠습니다. 그나저나 회장님은 무사하신 겁니까? 안색이 너무 안 좋으신데."

장영균 실장이 마길상 할아버지의 안색을 살폈다.

"일단 응급조치를 해 봐야 알 것 같습니다. 한 분은 남으셔서 저를 좀 도와주셔야 할 것 같습니다."

"네네, 알겠습니다. 한 팀장! 선생님 좀 도와드려!"

"네, 실장님! 알겠습니다."

"선생님! 전 아래로 내려가 대기하고 있겠습니다."

"네, 그렇게 해 주세요."

그렇게 장영균 실장 일행은 산등성이 아래로 바삐 움직이기 시작했다.

어르신! 이게 최선이셨습니까? 왜 이렇게 바보처럼…….

"아저씨! 거기 응급 구조 키트 좀 주십시오."

"네, 선생님."

심각하게 부어 있는 손과 발, 게다가 피부색까지 시커멓다.

혈액순환이 제대로 되고 있지 않다는 방증. 혈관이 막혀 피가 고여 있는 상태였다.

즉, 퍼리퍼럴 에드마(말초혈관 부종).

말초혈관까지 혈액이 전달되지 않아 물에 불은 듯 손발이 퉁퉁 부어 있었다.

심장이 제 기능을 하지 못하고 정맥에 컨제스천(울혈)이 생긴 거다. 결국 피가 순환하지 못하고 고여 버린 상태. 계속 혈액이 정체되다 보니 세포외액(피)이 견디다 못해 세포 밖으로 튀어나온 것.

이 정도로 말초혈관 부종이 왔다면, 포탈 베인(간문맥), 스플린 베인(비장정맥)까지 전부 상태가 좋지 않다는 건데…….

지금 마길상 할아버지의 상태는 최악이었다.

즉, 심부전의 전형적인 증세였다.

"혹시, 앰부 배깅 하실 줄 아십니까?"

"네, 선생님! 군대에 있을 때 의무병으로 복무했습니다! 응급 구조 시간 때 배워 두긴 했는데, 어렴풋이 기억은 납니다."

자신 없는 태도였지만, 그래도 없는 것보다는 훨씬 나았다.

"하아, 다행이군요. 앰부 조립하실 줄 아시는 거죠?"

"네, 오래되긴 했지만, 한번 해 보도록 하겠습니다."

"좋습니다! 조립해서 앰부 배깅 좀 부탁드려요."

"네, 선생님."

열심히 앰부를 조립하는 남자. 이리저리 만져 보더니 얼추 모양은 그럴듯하게 조립해 냈다.

"서, 선생님!"

머리를 긁적이며 손을 들어 보이는 남자.

"네? 무슨 일이시죠?"

"조립을 하긴 했는데, 눌러 보니까, 바, 바람이 좀 새는데요?"

푸슉푸슉, 그의 말대로 앰부에서 바람 새는 소리가 났다.

앰부를 조립하던 남자가 당황하며 말했다.

"뭐가 잘못된 거지? 내 기억엔 이게 맞는 것 같은데……."

남자가 고개를 갸우뚱거렸다.

"이리 줘 보세요. 제가 좀 볼게요."

"네에, 죄송합니다."

"아니에요. 제가 확인해 보겠습니다."

역시나 입구 쪽 파란색 밸브가 느슨하게 부착되어 있었다. 내가 입구 쪽 커버를 열고 파란색 밸브를 밀착시키자, 앰부가 제대로 작동하기 시작했다.

"이제 다 된 것 같으니까, 산소마스크 끼우시고 앰부 좀 짜 주세요. 앰부 짜는 건 하실 수 있는 거죠?"

난 완성된 앰부를 남자에게 전달해 주었다.

"네! 확실히 기억납니다. 그 정도는 저도 할 수 있을 것 같습니다."

"네, 그러면 부탁합니다."

그렇게 남자가 마길상 할아버지의 입에 산소마스크를 씌우고 앰부를 짜기 시작했다.

지금 마길상 할아버지의 심장은 망가진 선풍기와 같다.

선풍기 모터가 약한데 자꾸 바람 세기를 높이면 어떻게 되겠는가? 결국, 이를 감당하지 못하는 선풍기 모터는 터져 버릴 것이다.

심박출량이 현저하게 떨어지니, 보다 많은 혈액을 순환시키기 위해 교감신경 호르몬이 배출되고, 그로 인해 심박수를 증가시키고 말초혈관을 수축시키게 된다.

계속 이렇게 이미 망가진 심장을 가동하게 되면 어떻게 되겠는가?

허혈성 부정맥이 올 것이고 결국…….

펑! 터져 버리게 되는 것!

지금 할 수 있는 방법은 이 자율신경 호르몬이 분비되지 않도록 막아 주는 것이 최선일 것이다.

즉, 자율신경 호르몬을 억제해 심장을 쉬게 해 주는 것이 최선이었다.

베타 차단제!

난 곧바로 프로프라놀롤(베타 차단제)을 정맥주사 한 다음,

도부타민 1앰풀을 함께 주사했다.

그리고 잠시 후.

“하아하아, 기, 김 선상?”

조금씩 돌아오는 마길상 할아버지의 혈색.

앰부 배깅과 함께 응급약을 투여하니 조금씩 의식을 회복하는 마길상 할아버지였다.

“어르신, 제 말 들리십니까?”

“어, 잘 들려.”

마길상 할아버지가 힘없이 고개를 끄덕였다.

“네, 이제 조금만 참으세요. 병원으로 모시고 가겠습니다.”

“한구는? 한구는 어찌 된 겨?”

이 와중에도 할아버지는 선한구 걱정뿐이었다.

“선한구 씨는 아무 걱정 마세요. 수술 잘될 겁니다.”

“정말이여?”

“네, 그러니 지금은 어르신 몸만 생각하세요. 도대체 왜 이러신 거예요? 대체 왜??”

“마누라가 너무 보고 싶었어……. 시원한 냉수에 밥을 말아서 할망구가 담근 신김치 쭉쭉 찢어 얹어 먹으면 세상 그런 꿀맛이 없지. 나 우리 마누라 곁으로 가고 싶어, 김 선상!”

“…….”

“우리 마누라가 을매나 고왔는지 알어? 이 동네서 우리 마누라 모르면 간첩이었어. 내가 칠복이 정수 이놈들 다 재끼고 차지한 거 아녀. 내가 젊었을 땐 참 풍채도 좋고 잘생겼었지!"

"지금도 충분히 멋지십니다."

"그려? 자네가 사람 볼 줄 아는구먼. 그런데 말이야. 우리 마누라가 날 보면 알아볼까? 지금은 이렇게 쭈구렁탱이가 되어 버렸는데 말이여."

"……그러니까 치료받으시고 병 나으셔야죠!"

"후후후, 이미 난 글렀어. 알잖여, 자네가 더."

"쓸데없는 소리 하지 마시고, 마음 단단히 잡수세요. 어르신 말씀대로 이대로 사모님 만나시면, 절대 못 알아보실 거예요."

"아이고, 그러면 큰일인디?"

"그러니까 절 믿고 힘내세요. 제가 꼭! 어르신 예전 모습으로 돌려놓겠습니다."

"정말?"

"그럼요."

"고맙구먼. 고마워, 김 선상!"

잠시 후, 차 안.

띠띠띠띠..

난 차에 올라타자마자 이택진에게 전화를 걸었다.

"택진아! 어르신 찾았어. 지금 바로 병원으로 들어갈 거야."

—정말? 잘됐네! 어르신은 괜찮으셔?

"아니. 상태 안 좋으셔. 발작성 빈맥에 경정맥 팽대, 거기다 결정적으로 퍼리퍼럴 에드마(말초혈관 부종)까지 심하셔."

—악! 말초혈관 부종까지? 그렇다면 간하고 비장도 정상이 아니라는 거 아냐?

"그래. 일단 베타 차단제 쓰고 강심제 투여했으니까 큰 고비는 넘겼어. 하지만 안심할 수 없는 상황이야. 일단 에크모 쓸 거니까 중환자실 좀 잡아 주고, 이기석 교수님한테 노티 좀 해 줘."

—아, 알았어. 그렇게 할게.

"그나저나 선한구 씨 수술은?"

—어. 이제 막 심장 도착했고 곧 고함 교수님이 집도하실 거야.

"별문제는 없는 거지?"

—당연하지. 워낙 심장 상태가 좋아서 수술은 크게 어렵지 않을 것 같아. 게다가 고함 교수님이시니 어련히 잘하시겠냐? 그나저나 병원까지 얼마나 걸릴 것 같아?

"1시간 내로는 들어갈 수 있을 것 같아."

—알았어. 스탠바이하고 있을게.

"그래, 고맙다."

이승과의 끈을 놓아 버리려 했던 마길상 할아버지.

그렇게 난, 끊어질 것 같았던 그 끈을 한 손으로 움켜쥐고 어떻게든 버텨 보려 몸부림을 쳤다.

며칠 후.

중환자실에 입원한 마길상 할아버지.

에크모를 달고 집중 치료를 받은 후에 어느 정도 위험한 고비를 넘겨 일반 병실로 옮길 수 있게 되었다.

이제 마길상 할아버지의 정체가 밝혀진 상황. 그는 VIP실로 옮겼다.

또한 고함 교수의 집도로 이뤄진 선한구의 심장이식수술도 대성공을 거뒀고, 그는 순조롭게 회복 중이었다.

"한구는 괜찮은감?"

마길상이 일반 병실로 옮기자 선한구의 아내, 주현진이 아침저녁으로 들락거리며 헌신적으로 그를 간호했다.

"네에, 지금 회복 중이에요. 남편도 어르신 뵙고 싶다고 난린데, 김윤찬 선생님이 못 나가게 하네요. 아직 바깥출입은 안 된대요."

"그렇구먼. 암! 무리하면 안 되지. 김 선상 말이라면 팥으로 메주를 쑨다고 해도 믿어야 혀!"

"네네, 정말 그런 의사 선생님은 처음 봤어요. 항상 진심이 느껴져서 너무 고마워요"

"암만, 암만! 역시 내 친구 눈이 틀리지가 않았어."

"친구분요?"

"그려! 김 여사라고, 나랑은 한 50년 지기 친군데, 그렇게 김 선상 칭찬을 하더라고? 자기 양아들이라고."

"그렇군요."

"그 인간 아니었으면, 내가 데려다 양자 삼고 싶을 만큼 탐나는 젊은이여."

"맞아요. 저도 어디 참한 처자 있으면 중매 서고 싶더라고요."

"그려그려. 아직 장개도 못 가고 있는 거 같으니까, 자네가 중매 좀 서 봐."

"네! 그나저나 어르신, 윗옷 좀 벗어 보세요. 제가 스팀 타월로 닦아 드릴게요."

"에이, 남사스럽게! 그리고 내 몸에서 쉰내 나서 싫어!"

질겁하는 마길상 할아버지. 그가 손을 내저으며 주현진의 접근을 막았다.

"남사스럽다뇨? 저, 옛날부터 아부지 등 한번 밀어 드리는 게 꿈이었어요. 며느리라 생각하시고 신경 쓰지 마세요."

"아이고, 며느리가 아닌데, 어떻게 며느리라고 생각하누?"

"그러면 며느리 하면 되잖아요."

"뭐, 뭐라고? 정말 내 며느리를 하겠다는 거여?"

"아니, 남편이 어르신 아들이면 저는 당연히 며느리죠. 게다가 몰랐으면 모를까, 어르신이 엄청난 자산가라는 걸 알았는데 제가 며느리 자리를 마다할 이유가 있겠어요?"

주현진이 상의 단추를 풀고는 미지근한 타월로 마길상의 몸 구석구석을 닦기 시작했다.

"허허허, 물렁탱이 한구가 어디서 이런 야무진 처자를 물어 왔댜?"

주현진의 격 없이 대하는 태도가 싫지만은 않은 마길상 할아버지였다.

"그러게요. 저도 어르신 보면 아버지가 생각나서 너무 좋아요. 아버지, 뜨거우면 말씀하세요!"

"괜찮여! 참말로 시원하고 좋구먼?"

"그럼요! 연세가 드실수록 이렇게 잘 닦고 관리하셔야 고운 할머님들이 좋아하세요. 보니까, 아래층에 엄청 고우신 할머님들 많이 계시더라고요."

"그게 나랑 무슨 상관이여?"

정색하며 손을 내젓는 마길상 할아버지.

"상관이 왜 없어요. 이렇게 자알 생기셨겠다, 남부러울 것 없이 돈도 많으시겠다. 최고의 신랑감이시죠!"

"떽! 늙은이 놀리면 못써!"

"호호호, 아니에요. 놀리는 거 절대 아니에요."

다정하게 농담을 주고받는 두 사람의 모습은 영락없이 부녀지간의 모습이었으리라.

잠시 후.

마길상의 온몸 구석구석을 닦던 주현진이 통장과 도장을 마길상 할아버지에게 내밀었다. 그녀는 이식수술 후, 선한구에게 상황을 들은 상태였다.

"어르신, 이거 돌려드릴게요."

"이, 이게 뭐여?"

"통장이요. 애 아빠 수술비만 제하고 돌려드리는 거예요."

"그게 무슨 귀신 씻나락 까먹는 소리여? 그건 엄연히 한구가 내기 장기에서 이겨서 받은 거여! 쓸데없는 소리 하지 말고 넣어 둬."

"아니에요. 저희가 어떻게 이 돈을 써요. 진우 아빠 수술비도 퇴원하는 대로 천천히 갚을게요."

"얼어 죽을! 애비가 되어 가지고 그 정도도 못 해 줘? 나보고 애비 하라면서 빈말이었어?"

마길상 할아버지가 토라진 듯 입술을 내밀었다.

"아버지니까요. 아버지가 이 돈을 어떻게 모으셨고, 어떻게 살아오셨는지 잘 아니까요. 그래서 저 이 돈 못 받아요."

"끄응, 남들은 어떡하면 내 돈 뺏어 가나 난리도 아닌데, 지금 뭐 하는 거여?"

"이 돈, 저희보다 어려운 사람들 돕는 데 써 주세요. 저도 아직 몸 튼튼하고, 애 아빠도 이제 곧 회복되면 일할 수 있으니까 괜찮아요. 자꾸 이러시면 미련 생기니까 얼른 받아 주세요, 아버지!"

"……진짜 후회 안 할 겨?"

"호호호, 벌써 후회하고 있거든요? 그러니까 제 눈에 안 보이게 얼른 치워 주세요. 제발!"

주현진이 얼른 통장을 마길상 할아버지의 손에 쥐여 주었다.

"사람하곤! 앞으로 뭐 필요한 거 있음 말혀. 내가 도와줄 테니까. 그건 그렇고 진우가 보고 싶구먼. 언제 데리고 오면 안 되남?"

"그렇지 않아도 할아버지 보러 온다고 난린데, 제가 못 오게 했어요. 쉬시는데 귀찮으실까 봐요."

"이런, 이런! 지금 내가 자네나 한구 때문에 그 돈 준 줄 알아? 너희 다 필요 없어! 진우, 우리 진우가 최고여."

"헐, 그걸 몰랐네요?"

어느새 한 가족이 되어 버린 두 사람이었다.

다음 날.

어지간해선 세상에 모습을 드러내지 않던 김 할머니가 그의 수행 비서와 함께 마길상 할아버지를 찾아왔다.

선한구 가족과 김윤찬 외에는 그 누구도 병실에 들이지 않던 마길상 할아버지였지만, 김 할머니의 병문안만큼은 물리칠 수 없었다.

“이 영감탱이야! 꼴좋다, 이게 무슨 꼬라지네?”

쯧쯧쯧, 병실에 들어오자마자 악담을 퍼붓는 김 할머니.

“아이고, 저 욕쟁이 할마씨 왔네. 뭐 집어먹을 게 있다고 여기까지 온 겨.”

“간나 새끼! 돈만 벌 줄 알았지, 지 몸뚱어리 썩어 가는 건 몰랐니? 아무리 돈이 많으면 뭐 하니? 이렇게 자빠져 누워 있으면 다 소용없는걸.”

“걱정 마. 길바닥에 뿌리는 한이 있어도 할멈한테는 안 줄 테니까.”

“그러니? 그러면 이왕 버릴 돈이면 그 돈, 내 아들한테 줘라. 그러면 되겠네.”

“김 선상?”

“그래, 윤찬이 가가 내 아들인 거 알잖아.”

“음……. 그거야 뭐. 한번 생각해 볼 만은 하지.”

"때려치워라. 마 영감 아니더라도 윤찬이는 내가 뒷바라지할 수 있어. 괜히 내 금쪽같은 아들내미 넘보지 말라."

"하긴, 할망구 물건 건드렸다고 무슨 곤혹을 치르려고?"

"미쳤네? 우리 윤찬이가 물건이네? 어디서 그런 개뼉다구 같은 소리를 지껄이네?"

김 할머니가 어이가 없다는 듯 노발대발했다.

"아이고, 미안혀! 그만 좀 노려봐. 눈에서 광선 나오겄어!"

"다신 그런 말 하지 말라."

"알았대두. 그건 그렇고 우리 김 선상이 언제까지 이 병원에 있을 것도 아니고, 나중에 독립하면 나도 좀 돕고는 싶어. 그건 괜찮겠지?"

"음……. 뭐. 그 정도야 무슨 문제 있갔니? 그건 너 하고 싶은 대로 해라."

"홀홀홀, 고맙네."

"흠흠, 그건 그렇고 내가 당신한테 긴히 할 얘기가 있어서 왔어."

"뭔데?"

"그게 말이야……."

비밀리에 중국을 통해 심장을 구해 보겠다는 김 할머니의 말이었다.

"말도 안 되는 소리 말어! 지금 나보고 불법을 저지르란 말이여?"

"그게 아니고, 일단 살기는 해야 할 것 아니니? 그래야 우리 윤찬이도 돕고, 영감도 새로운 가족들이랑 행복하게 살지 않갔어?"

"됐어! 아무튼 난 그럴 맘은 추호도 없으니까, 괜한 짓 하기만 햐! 그러면 당신하고 절교할 거니까."

"아이고, 무서라. 나도 그냥 답답해서 해 본 말이야. 영감이 허락할 리가 있나?"

그냥 해 본 말은 분명 아니었으리라.

50년 지기 김 할머니와 마길상 할아버지의 우정은 우리가 생각하는 것보다 훨씬 더 깊을 테니까.

김 할머니 역시 정의롭지 못한 일은 하고 싶지 않았지만, 마길상 할아버지를 위해서라면 한 번 정도는 할 마음이 있었다.

"당연하지. 그냥 죽으면 죽었지, 그런 짓은 절대로 안 해."

"아, 알았다고. 그건 못 들은 걸로 해. 그럼 푹 쉬어. 난, 우리 윤찬이 얼굴이나 한 번 보고 갈라니까."

"그려. 굳이 또 올 필요 없어. 부담스러우니께."

"알았어, 이 고집불통 늙은이야."

첫, 김 할머니가 입술을 댓 발 내밀며 병실 밖으로 나갔다.

고함 과장실.

마길상 할아버지의 향후 치료 계획을 세우기 위해 이기석 교수, 김윤찬이 고함 과장실로 모였다.

"결국 마길상 환자, 이식수술밖에는 없는 거지?"

마길상 할아버지의 차트를 살펴보는 고함 교수의 표정이 어두웠다.

"네, 그렇습니다. 어제 심장 하나가 나오긴 했는데, 이식 불가 판정이 나왔어요. 당분간은 쉽지 않을 것 같습니다, 과장님."

이기석 교수 역시 밝을 수 없는 표정이었다.

"마길상 환자, 컴플리케이션(합병증)이 심한 것 같은데……. 김윤찬 교수, 지금 치료는 어떻게 하고 있지?"

집중해서 차트를 넘겨 보는 고함 교수의 미간이 잔뜩 일그러졌다.

"네, 일단 소듐 섭취를 최대한 제한하고 있고 라식스(이뇨제) 투약하고 있습니다."

"기침이 심하시다면서?"

"네, 그래서 현재 ACEi(Angiotensin Converting Enzyme inhibitor, 안지오텐신 전환 효소 억제제)를 병행해 투약하고 있습니다."

"뭐야? 신장 수치가 왜 이래? 이 정도면 지금 신장도 다

망가진 건가?"

차트에 나온 검사 자료를 확인하던 고함 교수가 인상을 찡그렸다.

"네, 크리센틱 사구체 글로우머유로너프라이티스(사구체신염)가 심해서 투석을 하고 있습니다."

"젠장, 심장은 고사하고, 이제 신장도 이식받아야 할 판이군."

쯧쯧쯧, 검사 기록을 살펴보던 고함 교수가 혀를 내둘렀다.

"그러게나 말입니다. 리버(간)와 스플린(비장)도 상태가 좋지 않아요. 이대로 두면 아마 3개월도 버티기 쉽지 않을 겁니다."

이기석 교수 역시 비관적인 의견을 내비쳤다.

"뭐, 할 수 없는 거지. 간담췌 쪽하고 협진해서 대증 치료에 집중하는 수밖에는 없지 않겠어? 심장이 나올 때까지 말이야."

"그런데 문제는 3개월 내에 심장이 나올 확률이 거의 없다는 겁니다."

"그럼 어떡하나? 안 나오는 심장을? 일단 할 수 있는 건 다 해 봐야지. 그리고 하늘에 맡기는 수밖에."

"네, 그렇게 해야죠."

지금의 상황에선 천하의 이기석 교수라고 해도 할 수 있는 것이 아무것도 없었다.

"마길상 환자, 김윤찬 교수 환자지?"

"네, 그렇습니다."

"일단 간담췌 쪽은 내가 알아볼 테니, 일단 신장내과 최 교수하고 상의해서 치료하도록 해. 혹시 무사히 심장이 나오면, 신장까지 한꺼번에 이식할 수 있도록 말이야."

"네, 그렇게 하겠습니다."

"좋아! 오늘 회의는 이것으로 마치도록 하지. 다들 파이팅해! 의사들이 쌩쌩해야 환자들도 기운을 얻는 거야. 끼니들 거르지 말고!"

"네, 알겠습니다."

"과장님! 드릴 말씀이 있습니다."

김윤찬이 자리에서 일어나며 말했다.

"뭔데?"

"마길상 환자……. 제가 수술할 수 있도록 해 주십시오."

"그거야 당연하지. 그렇지 않아도 심장 나오면 이식수술은 자네한테 맡기려고 했어. 그렇지, 이 교수?"

고함 교수가 턱짓으로 이기석 교수를 가리켰다.

"네, 맞아요. 이번에 도너가 나오면 김 교수한테 집도의 자리를 맡기려고 했습니다. 그러니 걱정 마세요."

"아뇨. 심장 나올 때까지 기다릴 게 아니라, 지금 바로 수술을 하자고 말씀드리는 겁니다."

"그래, 수술을 하……. 뭐, 뭐라고? 지금 당장 수술을 하자고?"

깜짝 놀란 고함 교수가 말을 더듬거렸다.

다음 권으로 이어집니다

ROK MEDIA
로크미디어
황태자는 은퇴가 하고 싶습니다
로튼애플 퓨전 판타지 장편소설
황제가…… 과로사?
이번 생은 절대로 편하게 산다!
31세에 요절한 황제 카리엘
개같이 구르며 제국을 지킨 대가는
역사상 최악의 황제라는 오명?
싹 다 무시하고 안식에 들어가려 했더니……
"다시 한번 해 볼래? 회귀시켜 줄게."
"응, 안 해."
"이번엔 욜로 라이프를 즐겨 보면 어때?"
사기꾼 같은 신에게 속아 회귀하게 된 카리엘
즐기며 편히 살기 위해서는
황태자 자리에서 먼저 내려와야 하는데……
제국민의 지지도는 계속 오른다?
황태자의 은퇴 계획, 과연 성공할 수 있을까?

ROK MEDIA
로크미디어
엑스트라 책사의 군열로드
mensol 퓨전 판타지 장편소설
『회귀자의 그랜드슬램』의 mensol
무과금의 신을 소환하다!
실력 게임을 무과금으로 돌파하던 레전드 유저
게임 속 똥캐 조연에게 빙의되다!
신묘한 계책으로 배신당해 파멸하는 결말을 피하라!
한미한 남작 가문 사남 알스
인공지능과 겨루던 체스 실력
전략 게임으로 다져진 기기묘묘한 책략
히든 피스로 얻은 무력으로
대륙을 평정하다!
삼국지를 연상케 하는 디테일한 전략!
피 끓는 전장의 광기가 폭발한다!

ROK MEDIA
로크미디어
우리 교황님 좀 말려주세요
판미손 퓨전 판타지 장편소설
비정상 교황님의
듣도 보도 못한 전도(물리) 프로젝트!
이세계의 신에게 강제로 납치(?)당한 김시우
차원 '에덴'에서 10년간 온갖 고생은 다 하고
겨우 교황이 되어 고향으로 귀환했건만……
경고! 90일 이내 목표 신도 숫자를 달성하지 못할 시
당신의 시스템이 초기화됩니다!
퀘스트를 달성하지 못하면 능력치가 도로 0이 된다고?
그 개고생, 두 번은 못 하지!
"좋은 말씀 전하러 왔습니다, 형제님^^"
※주의※ 사이비 아닙니다, 오해하지 마세요!

ROK MEDIA
로크미디어
기갑천마
거짓이슬 퓨전 판타지 장편소설
종말을 막지 못한 절대자
복수의 기회를 얻다!
무림을 침략한 마수와의 운명을 건 쟁투
그 마지막 싸움에서 눈감은 무림의 천하제일인, 천휘
종말을 앞둔 중원이 아닌 새로운 세상에서 눈을 뜨는데……
"천휘든 단테든, 본좌는 본좌이니라."
이제는 백월신교의 마지막 교주가 아닌 평민 훈련병, 단테
그럼에도 오로지 마수의 숨통을 끊기 위해
절대자의 일 보를 다시금 내딛다!
에이스 기갑 파일럿 단테
마도 공학의 결정체, 나이트 프레임에 올라
마수들을 처단하고 세상을 구원하라!